U0856929

陈聪 / 著

厌倦与天真

徘徊在天堂和地狱的边上

WEARINESS AND INNOCENCE

HOVERING ON THE EDGE OF HEAVEN AND HELL

青岛出版社

序

语丝

无论是在炮火声中的迷失，还是在无数生离死别后的困惑；无论是总也清空不了的日程表，还是对于人生无常的无能为力……每一字、每一句都是剖肝泣血的诉说。这些经历让我明白，每一个青春都有一个不朽的名字，因为有过失败，有过挫折，有过万念俱灰，青春才称之为青春。

——《序章·穆斯林的葬礼》

战地是什么样子的？

从古老的街道到古朴的商铺，从往来翕忽的大街到经声绕梁的清真寺，战火在熙熙攘攘的人群中浅眠。恍惚中，你会以为你来到的是一个普通的异国小镇。在这里，人们找不到因爆炸或炮弹的威胁而闭门不出的理由。

战火是什么样子的？

在酣甜的睡梦中，在熟悉的街道上，在家园的废墟里，战火猝不及防，从天而降，惨烈的力量撕开人的躯体，剥开人的皮肉，露出伤痕累累的一具具骸骨。骸骨之下，一滩滩血迹染遍了大地，复又升腾在浑浊的日光中。

——《战地记者不穿防弹衣》

他们背着死亡与巨痛艰难前行，路上不断有人脱队、倒下……这宿命像是鲜红的烙铁，烙印在他们的心口上，不为人知的鲜血滴在血液里，伴着这难以吞咽的硝烟翻滚。

——《“死亡，已经成了最好的结局”》

交火的炮声近了，又远了，衣衫褴褛的孩子哭着找妈妈。

美军的轰炸机来了，又走了，废墟之下叠着废墟。

从土耳其到约旦，从希腊到意大利，每一个口岸都埋葬着无数令人心痛的故事；在超载的难民船上，在刺鼻的催泪瓦斯中，来自西亚、北非的难民上演着无数的辛酸别离。而更可怕的却是，当战争的进展已不再是新闻，带来战争的人们和生活在战争中的人们已经变得麻木。

——《一张震惊世界的图片：爱琴海畔的小艾兰》

以前听别人说过，即使朝天鸣枪，落下的子弹也有可能击中附近的目标，现在回想起来确实心有余悸。然而当时由于反对派狙击手仍在附近藏匿，火箭弹随时可能炸过来，出镜的时间非常有限，所以满脑子装着的都是那几句出镜词，根本无暇考虑更多。

——《历史终将忘记》

在炮火前线，在巷尾街头，在废墟之上，在硝烟之中，我记录下一个个生与死、笑与泪、血与火的故事。这些故事，让我不断去思考和平与战争意味着什么，去感受生与死在乱世之中的微不足道与震撼人心，也让我渐渐懂得，回国以后，怎样背着这段人生旅途中的背囊，继续一路前行。

——《为了叙利亚，为了我的初恋》

家是什么味道？

就是你一早醒来身体还好好的，起床上街，空气中还能闻到垃圾的脏兮兮的味道，那就是家的味道。

不论漂泊了多远，别忘了回家。

——《垃圾里，也有家的味道》

也许，只有经历过的人才能懂得：当你把辛苦采访来的大量素材浓缩成一篇稿件，想到一个亮眼的题目，挥洒出自己的味道，然后在反复修改检查之后，点出发送键，那是一种怎样的感觉。

震颤，紧张，而激动人心。

——《但行好事，莫问前程》

穆斯林的葬礼

从叙利亚回国后，我感觉自己像是从某个古老的星球穿越回地球一般。

藏在云里的硝烟，贯穿耳膜的炮火，比好莱坞大片更刺激的爆炸袭击，这许多的奇遇，回国之后再也没有发生。

正当我觉得一切都已经过去的时候，一部电影《狂怒》让我的脑海中再次闪回那段特殊的日子，胸腔里像是生出一口大钟，剧情伴着音效一声一声地撞击着我的心脏，怎么也停不下来。

我很少看好莱坞战争片，这次也是在单位内部放映时赶巧看到的。说起它的核心剧情，无非是一辆被炸坏的坦克，窝在敌人射程控制的十字路口，坦克中士兵和敌人的决死战斗。

一辆坦克，一个路口，一个夜晚，五名男主，剧终。

然而，导演和编剧在如此促狭的时空中构造了一个生与死的结局：子弹与炮火的狂怒、绝望与希望的纠缠、鲜血与泪水的重叠，让这部电影的力量以几何倍数增长，甚至不啻惊心动魄的战争史诗。

史诗背后呢?

看完电影的同事们站起来走了，我听着片尾曲忍不住伤感：史诗的背后，是人性的扼杀与复生。

饰演年龄最小男主诺曼的是一位1992年出生的小男生。在电影里，从诺曼被调入坦克排开始，到十字路口战斗结束时，他的所见所闻一点一点扼杀着他在乱世中的人性，从坚定到妥协、从善良到残暴、从怜悯到无情、从理智到疯狂，最终，随着他“机器”绰号的诞生，他的人性似乎被这场战争与战争中的人们完全埋葬，只留下将灭未灭的火苗留在德国女孩那里死守。

影片的最后，只剩诺曼一人。

求生欲望让他躲在坦克底部舱门下，等待德国士兵撤离后逃生，突然一个德国兵发现了他，千钧一发之际，他却没有听从一手栽培他成为“机器”的皮特老大的劝告，而是举手投降。随着德国兵的手电筒照到坦克底下诺曼的脸，人对人性的信任最终坍塌，遁入坟茔。

就如同诺曼钟情的德国姑娘之死一般，无法避免、无从逃避。

这是整部片子的绝望之处所在。在杀伐乱世之中，绝望与死亡无孔不入，生命几乎失去了除此以外的全部意义。即使是以世界霸主自居的美国，尚且如此摊着两手，鲜血淋漓地诉说着对这个世界的失望，以及对人性丧失的无奈。

好在这场葬礼中，仍有对诺曼网开一面的德国士兵来继承仅存的一些人性，作为这场葬礼中最后的光亮。以此证明：在某个角落，仍有枯萎的人性等待着新生。

而这部电影给予我的共鸣，是在叙利亚的现实战争中经历过的日日夜夜。它从回忆里跳出来，告诉我自己所经历的，不是电影的虚构，而是切切实实真实存在、并且还在燃烧的战火。

血凉了，面孔辨认不出；废墟尽头，等着我的是残肢与枯骨。

在死亡面前，没有意识，没有时间，没有情感，有的只是大脑的空白和冰冷的结局，如同战场废墟中怪叫着的狂风，狂风下鲜血淋漓的尸体，和尸体旁边锈迹斑斑的机枪。

旁观的你，一遍又一遍地声嘶力竭地大喊：停下！别再继续了！没有人在听。而最终，这战争的疯狂蔓延终于让你麻木地闭嘴。正如同你眼睁睁地看着这场电影中的人们一步一步走向毁灭，仿佛是对生命的凌迟。

我在叙利亚前线时，见过满身弹片的士兵，在即将告别的时刻，他们的表情往往并不是非常狰狞的，在痛苦的挣扎中，仿佛流露着一种对告别这场肮脏战争、告别这个虚伪世界的解脱。

这令我想起了一句台词：虽然被地狱的业火焚烧，但我依然向往天堂。

面对战火的裹挟，人们无从选择，正如一个内心纯净的诺曼无从选择这个绝望的世界一样。在叙利亚战争中，千千万万的“诺曼”被这场举国焦土的战火灼烧得体无完肤，跳入这个无法超脱的炼狱。与诺曼相比，他们大多是不幸的。并非每一个人，都能邂逅一个情投意合的德国女孩，和一个选择放水的敌军士兵。这就像是一场游戏里致命 *BUG* 一般的存在。

理想是和平的，历史是残酷的。在乱世中，所有格格不入的事物，即使属于美好的人性，也终究无法长存。

直到现在，这部影片仍在我心中定格，算作对美好的纪念，给人性的葬礼。

此时此刻，叙利亚战争已经进行七周年了。像是一个无人收留的破玩具，又像是一个放逐绝境的流浪汉。人们从它身边走过，停留，又离开。

走得远了，似乎也就忘了：这个世界，原来还有这样一件破玩具。谈起它，就像谈起“艾德蒙斯星”上的一方异域。

当战地在我生命里的刻印变得越来越浅，我仍然想把内心中的诺曼留得更久一点——于是有了这一本书。这里的每一个故事，或许三分钟可以读完一篇，留给你的感动，我却希望能久久停留在你的身边。

无论是现实版的“生化危机”，还是车水马龙中的汽车爆炸，无论是打一百次打不通的电话，或者是守一晚上没等到的新闻，每一个真实的故事，都是一份在战火中炽烈燃烧的青春。这炙热帮助我筑起一道墙，温暖了迷失在地狱边缘的一颗心。

无论是在炮火声中的迷失，还是在无数生离死别后的困惑，无论是总也清空不了的日程表，还是对于人生无常的无能为力……每一字、每一句都是剖肝泣血的诉说。这些经历让我明白，每一个青春都有一个不朽的名字，因为有过失败，有过挫折，有过万念俱灰，青春才称之为青春。

这就是战火中的一段人生，趁着血脉还在偾张，趁着青春尚余时日，现在，我为这一段逆旅画下句号。

名为句号，实为三年驻外时光中的片鳞只甲。第一章引全书之纲，然后以亲身经历为点，以时间顺序为轴，从埃及，到伊拉克，再到叙利亚，串联起五十篇战地故事，其中又选取了“化学武器危机”等一些印象最深的故事和事件予以详述，最后以“无论漂泊多远，别忘了回家”作结。盼诸君不以俗笔为亵，不吝指正，鄙作之至幸。

目录

战地大餐的前菜

埃及攻略，已为您定制

当 85 后撞上战地

新一千零一夜

报道化学武器危机是怎样的体验？

只为更好地懂得生命

即将离开的日子

无论漂泊多远，别忘了回家

附录

后记

厌倦
与
天真

战地大餐的前菜

前路且长，烟霭苍苍，
我们都在各自的不知名的道路上继续前行着，找寻着。
那意义就如同这里的人们等待下一班以和平为名的列车一样，
在没有时刻表的站台上，
岁月的洪流仍然在恣意翻滚。

WEARINESS
AND
INNOCENCE

前路且长，烟霭苍苍，我们都在各自的不知名的道路上继续前行着，找寻着。那意义就如同这里的人们等待下一班以和平为名的列车一样，在没有时刻表的站台上，岁月的洪流仍然在恣意翻滚。

死亡年终报表

如果人在每一次可能面临死亡威胁的时候，都会收到一份通知，我想，可能我已经收到不下百次。

回望2011年，世界风云扰攘。“苹果之父”史蒂夫·乔布斯去世，美国击毙“基地”组织领导人本·拉丹，日本东北部海域发生里氏9.0级地震并引发海啸……还有一件，中东多国爆发示威游行潮，埃及、利比亚、叙利亚、也门等国政局动荡。

而我，一脚踏入中东乱世。在催泪弹燃烧的解放广场，在子弹横飞的炮火前线，在爆炸频发的伊拉克街头，我用我的笔、我的镜头完成了一份记录生命与死亡的报表。

埃及

第一个战场是埃及。从“百万人大游行”到前总统穆巴拉克下台，从军管政权到“穆斯林兄弟会”成员穆尔西上台，从塞西“军变”到“穆斯林兄弟会”被禁，感受“街头革命”的暴风骤雨，目睹军方治下的血腥冲突，记录大国陨落的世事变迁。

2011 年 1 月 25 日，埃及各地爆发大规模示威游行，随后埃及内政部发布通告，禁止举行游行示威活动，但埃及民众的愤怒已经达到顶点。1 月 28 日，“百万人大游行”爆发，执政党民族民主党总部大楼陷入一片火海；2 月 11 日，埃及副总统苏莱曼宣布，穆巴拉克辞去总统职务，并将权力移交给军方。

在埃及总统选举结果公布现场采访（李佳 摄）

电光火石之间，一切来得太突然。穆巴拉克下台之初，人们惊喜地发现即使少了这位总统，埃及依旧可以维持日常运转——男人组织起来维护社区安全和交通秩序；妇女准备食物和生活用品慰劳示威者；基督徒和穆斯林互相保护；医生们在解放广场搭建临时医院；学生们自发打扫环境、整顿市容；立交桥上和地铁站里挂出标语“建设我们的国家”……当被问及原因，他们答道：“因为革命推翻了穆巴拉克，我们现在是国家的主人，心甘情愿为祖国奉献。”

然而，政治并不是街头游行这么简单。当兴奋渐渐褪去，国家何去何从的问题又尖锐地摆在埃及人面前。

古今中外的政治发展史早已证明，政治运动中，不同派别的参与者虽在推翻旧势力方面具有共同目标，但是在选择新的发展方向问题上却常有分歧，有时候这种分歧足以能够埋葬他们曾经为之共同奋斗的革命果实。果不其然，穆巴拉克下台后，曾经以“革命”为目标的、拥有不同利益的世俗派和伊斯兰派别两大政治集团随即分道扬镳，政治真空的蛋糕引发各派势力的新一轮角逐。

与此同时，民众对坦塔维领导的军方政权迟迟交不出政治过渡、改善民生的满意答卷而渐渐生出不满。“百万人大游行”之后最严重的流血冲突爆发了。2011 年 11 月 18 日，解放广场上的示威民众与现场军警发生冲突，冲突共造成三十二人死亡、二百多人受伤。

在民众的抗议声与各派的争斗之中，埃及的政治进程缓慢推进。2012 年 6 月底，穆尔西在总统选举中获胜，开罗化成欢腾的海洋。然而穆尔西接手的却是一个百废待兴的国家。在中东动荡的多米诺骨牌倒下之后，埃及这只雄鹰已经无法傲立中东，而此后穆尔西的命运也一如这个国家的重建一般波折。

及至现任总统塞西掌权，埃及经济社会艰难复苏，然而动荡的火药味仍然没有消除，只要一个导火索，动荡的火山就会再次爆发。

叙利亚

穆尔西上台之后一个月，在2012年7月，一个偶然的机会，我接到赴叙利亚增援报道的任务，这是我与叙利亚的第一次邂逅。当为期一个月的报道任务结束，回到埃及后，我隐隐约约有一个预感：我可能还会再回去。

于是，在 2013 年 3 月，机缘巧合，我正式从开罗分社调往叙利亚，负责大马士革分社工作，开启了叙利亚战场之征。

在叙利亚，每天出门都在和死神打着擦边球。我们和当地的人们一样，明知自杀袭击和迫击炮弹会不期而至，但仍会冒着炮火出门，他们为了生计，我们为了坚守。

有过千钧一发，有过铤而走险，也有过生死一瞬，无论是血雨腥风的现场，还是血肉模糊的真相，我在战火中寻找着答案。我突入化学武器爆炸现场，目睹生命在我眼前消逝，听到被“伊斯兰国”绑架的惨痛经历，记录着硝烟背后不为人知的故事。

烈日之下，泥泞的战场前线

然而，当我们习惯于从战场的炮火声中和“伊斯兰国”的骇人暴行中了解这个国家，大多数人已经忘记，抑或从未记起，作为两河文明发源地之一的古叙利亚，它曾经的辉煌就像被“伊斯兰国”毁坏的古迹一样，一朝被埋葬在了历史的尘埃里，似乎将在未来永远地沉睡下去。

回首如诗的过往，亲历焦灼的当下，展望浑沌的未来，叙利亚将何去何从，这里的人们又将如何行走其间？

余生

2014 年春天，我离开了这片在天堂与地狱边缘徘徊的土地，带着和平未竟的怆然，带着劫后余生的感怀，带着青春残留的余热。

而叙利亚、伊拉克以及其他在战火中被撕裂的中东国家，仍在空无一人的站台中等待着，目送着无数青春的死亡。在死亡的灰烬里，似乎光阴都躲不过早衰的宿命。

前路且长，烟霭苍苍，我们都在各自的不知名的道路上继续前行着，找寻着。那意义就如同这里的人们等待下一班以和平为名的列车一样，在没有时刻表的站台上，岁月的洪流仍然在恣意翻滚。

回望来路，在常驻叙利亚的时光中，用尽全部的精力完成一篇篇稿子，用一整天的时间与一个个平凡的人们交谈，这就是在面临死亡威胁的日日夜夜里，我所找寻的、有关生与死的答案。

好让我觉得生命并没有那么肆意地被消灭，或者轻易地被延续。因为，一行泪、一滴血，一具骨架、一件防弹衣……都是构成这段历史的真实而重要的存在。

战场前线遍地荒芜，黄昏更添几分萧瑟

然而战火一朝炎上，满城烽烟。人们的生活就像每日每夜在烙铁上炙烤，死去了的是绝望的解脱，而活着的，整个身体早已痛得失去了知觉。

巴沙尔，我来了

如果在七年前，叙利亚人民对当下国家的状况未卜先知，他们会作何想？

那个时候，大马士革老城的青石板路上，还没有驻扎荷枪实弹的士兵。熙攘的人群中，你可以有整个下午的时间，细数小巷棚顶上阳光筛下的斑点。哈米迪亚老市场里，一次定格就是一副完美的油画，一个老店铺就是一个奇崛的传说。洋娃娃一样的小孩子好奇地睁着蓝色的瞳孔，他的眼里，未来的形状是无数个软绵绵的梦，仿佛只消妈妈拉着他的手一直走，就全都能实现了。

然而战火一朝炎上，满城烽烟。人们的生活就像每日每夜在烙铁上炙烤，死去了的是绝望的解脱，而活着的，整个身体早已痛得失去了知觉。

叙利亚的版图，再也拼不回从前的样子。

如果时间可以倒转，再给叙利亚总统巴沙尔・阿萨德，或者介入叙利亚局势的任何一方一次机会，他们有没有可能抓住那一只扇动翅膀、引发七年战乱的罪魁蝴蝶？

墙上的涂鸦：第一张多米诺骨牌

在一次采访中，叙利亚军方总政治部的女军官希哈姆给我讲了一个危机刚刚爆发时候发生的故事。

那时还是在2011年的春天，危机爆发前夕。虽然危机还没有开始，但是中东动荡的思潮已经渐渐显现。叙利亚德拉省的一些中学生在学校和街道的墙上写了一些很“潮”的涂鸦，诸如“人民想要推翻政权”，矛头指向巴沙尔当局。

当时，叙利亚政府已经开始警惕西方的“思想侵略”。有

开罗街头表现冲突与和平的涂鸦

流言说，西方国家连同中东地区的沙特阿拉伯和卡塔尔等国，已经剑指巴沙尔政府，将其作为除去伊朗之前的练手。

在中东地图上可以发现，整个西亚北非大地上，东起阿曼、阿联酋，西至利比亚、阿尔及利亚，全是逊尼派的地盘，只有什叶派的两个代表叙利亚和伊朗偕同黎巴嫩的真主党连成新月地带，突兀地横亘在逊尼派的“包围圈”里。一些战略分析家指出，一些西方和地区国家的目的就是摧毁这个“新月地带”，铲除什叶派。由于伊朗力量相对更强大，叙利亚的巴沙尔政权便成为他们的首选目标。

叙利亚当局的确有它的弊病，随意抓捕、审讯平民就是其中之一，而这一条也最终变成危机的导火索、叙政权给西方和反对派留下的把柄。希哈姆说，当时德拉的一位军官在发现学生涂鸦的“劣迹”之后，不由分说将他们当作异见人士关押起来，听说还对他们严刑拷打。

这些学生的家长不干了。他们联合起来包围了这个军官的办公室，威胁如果不放人的话，就要把他杀了。军官的随从随后和这些家长扭打起来。

事情愈演愈烈，德拉省的一些民众开始上街游行抗议，当局不得不出动警力维持安全秩序。但是游行期间有人拿起了武器和警察对抗，随后就传出示威群众被打死的消息。

这样一来，民众情绪失控，和平的游行变成了暴力的冲突，性质不一样了。德拉的局势一发不可收拾，游行示威不断，安全局势恶化。与此同时，游行浪潮开始蔓延到了叙利亚的多个省份。大马士革、阿勒颇以及哈马等省市街头都爆发了大规模反政府示威活动，报道称被捕之人有千人之众。

希哈姆说，叙利亚总统巴沙尔一开始得知此事之后，并没有强力镇压，而是立刻赶到德拉，去和学生家属、当地群众代表进行和解谈判，一方面将肇事军官革职查办，另一方面慰问被扣押学生的家长，安抚他们的情绪。这些家长随即在谈判中提出了两个罢手的条件：一是要求叙军撤出德拉，二是要求民众有权持有武器。

据说，巴沙尔都答应了。

于是，叙利亚军队撤出德拉，德拉省和约旦之间的边界无人管控，武器和武装分子流入叙利亚境内，武装冲突如多米诺骨牌一般，从德拉爆发，然后蔓延到“革命之都”霍姆斯，直到引发全国性危机，及至叙利亚战争全面打响。

如果时间可以倒转，如果没有几个涂鸦的学生，是否一切都会不同？

潘多拉之盒与“抵抗轴心”

让我们先来看看那些涂鸦的学生们。

其实，他们在墙上所写的涂鸦字句并非原创，而是源自于在埃及、突尼斯城市街头的标语和游行示威的口号，这些标语和口号通过脸书、推特等社交媒体传到网上，引发网民关注，更引发中东其他国家的青年群起效仿之心。

德拉的和平示威游行也并非原创，它的源头要从震惊世界的开罗解放广场“百万人大游行”开始说起。以推翻穆巴拉克政权的结果为标志，开罗的“百万人大游行”成为中东动荡中“街头革命”的缩影。当游行的呼声震惊了总统府，穆巴拉克下台，埃及政权更迭，中东国家的青年发现他们可以通过这种方式改变国家的政权，他们纷纷喊出相似的口号，呼唤所谓的民主。

此时，从突尼斯到埃及，从利比亚到叙利亚，蝴蝶效应已经开始显现，中东动荡的伏线早已埋好。如果不是德拉，可能是在霍姆斯、哈马，甚至大马士革。如果不是涂鸦，也可能会是社交媒体的线上联络。在名为中东剧变的潘多拉魔盒开启之后，动荡的种子早就撒在了土壤里，它的萌芽所需要的，只是一阵风雨、一个时节。

叙利亚本身是一个多民族、多教派国家，以民族来划分，叙利亚有阿拉伯人、库尔德人、土耳其人等；以宗教来划分，叙利亚有伊斯兰教逊尼派、什叶派、阿拉维派（什叶派的一个分支）、德鲁兹派，还有基督教的一些派别。阿拉伯国家中普遍存在的宗派纷争在叙利亚同样能找到根源：叙利亚逊尼派穆斯林占据国家人口的 80%，总统阿萨德家族所属的阿拉维派只占国内人口的 12%–15%。但在叙利亚正规部队中，阿拉维派却占了 70%，而正规部队一般禁止占人口绝大多数的逊尼派加入①。这一结果无疑引起了逊尼派的不满。

上世纪七八十年代，随着阿萨德政权的集权化，以及多次对逊尼派的镇压，叙利亚境内的逊尼派叛乱逐渐平息，但难以消除的仇恨种子已在此时埋下：数十万逊尼派人士逃往国外，他们后来成为叙利亚反对派的中坚人物。

另一方面，在中东版图中，叙利亚也处在一个特殊位置。叙利亚处于什叶派“新月地带”，也就是所谓“抵抗轴心”地带，中东地区中的沙特、卡塔尔等逊尼派国家认为，从叙利亚入手有利于打击整个地区的什叶派力量，从而撬动整个“抵抗轴心”，最后达到消灭以伊朗为首的什叶派力量在该地区影响力的目的。

从国际层面看，美国和西方也早就将阿萨德政权视为眼中钉。中东剧变爆发前，叙利亚对以色列一贯采取抵抗立场，而以色列背后的美国更是将其列入了“支持恐怖主义国家”的黑名单。美国意欲叙利亚政权更迭的霸权主义逻辑根深蒂固，早已想要强行推动阿萨德政权的更迭，而反对派则成为其最好的代理人。

---

①关于叙利亚人口和派别的相关数据，引自顾正龙：《干涉叙利亚的能见度》，载《瞭望周刊》，2011（37）。文章认为，阿拉维派担心，一旦巴沙尔政权被推翻，该派别穆斯林就会变成二等公民，失去其既得利益，因此巴沙尔政权在军事和安全机构中积极扶持阿拉维派人员，利用两大机构中的本派别势力来保护自己的地位。

正如《巴沙尔：十年稳定进与退》[1]一文中说的那样，中东动荡前夕的叙利亚“就像表面风平浪静的大海”，内忧和外患就像深藏在海底的暗流不断涌动，给这个具有名不副实特殊政体的国家政局埋下诸多隐患和悬念。

脚本早已写定

叙利亚的隐患到底来自哪里？

其实，叙利亚名义上是共和制政体，实际上实行的却是子承父业式的世袭权力交替方式。这不仅越来越让叙利亚政权的合法性受到质疑，而且给国内外的反政府势力提供了口实。

与此同时，随着老阿萨德猝然离世，叙利亚从“强人政治”向“常人政治”转变，民众对权威的认同和服从程度不可避免地产生递减效应，以老阿萨德个人权威为基础的权威主义统治模式引发不同阶层间的负面情绪。

时间轴转到 2011 年，中东剧变，多国陷入动荡。而叙利亚国内外潜藏的内忧外患也开始渐渐暴露出来。在叙利亚国内，以逊尼派穆斯林为主的抗议者开始要求巴沙尔下台，抗议随后演变为民众与叙利亚军警之间的冲突；在中东地区，沙特、土耳其等国家开始暗中向叙利亚反对派输送武装；在西方，美国

①陈双庆：《巴沙尔：十年稳定进与退》，《阿拉伯剧变：西亚、北非大动荡深层观察》，2012。

和一些西方国家开始公开要求巴沙尔下台；而在网络空间，埃及、突尼斯青年所谓“革命热情”的成功也在激励着叙利亚青年……

“人民想要推翻政权！”

当熟悉的标语出现在德拉街头，不知巴沙尔当时是否已经有所预感：叙利亚从此时开始滑入战争的无尽深渊。

厌倦
与
天真

埃及攻略，已为您定制

也许总是这样，对茫然不可知的事物，

总是彷徨困惑大于期待。

现在，或许闭着眼睛走才是对的，

纯黑是不是有时比不知所措更加真实。

WEARINESS
AND
INNOCENCE

尼罗河·黄昏

几盒清凉油已经不管用

2011 年冬天，就在利比亚前领导人卡扎菲被捕身亡的前几天，我被社里派驻开罗分社任阿拉伯文记者，前往尼罗河畔的埃及。

没错，就是那个有金字塔、狮身人面像，还有法老神庙的埃及。

大约是 10 月 15 日的晚上，我和同事杨舒怡一起坐上社里来接我们的车，行至首都机场 T3 航站楼，等待午夜的那一班飞机。

在那个时候，我对即将迎来的驻外生活尚无真切的感悟，但是接下来，从登上飞机开始，似曾相识的感觉又从脑海里的某个角落涌流出来。

飞机上是躲不掉的狐臭味，机舱门口的免费报纸是熟悉的《金字塔报》和《消息报》，音响里广播的是熟悉的埃及口音的阿拉伯语。

埃及人总喜欢把阿拉伯语里面的 ج “al-Jeem” 这个字母发成是“al-Geem”，我上大学去埃及留学的时候就问过埃及人为什么要发成 G 这个音。埃及朋友跟我一本正经地说，你千万不要读成 J，因为在埃及只有乡下人才这么读。我不禁哑然失笑，难道沙姆地区和海湾国家的阿拉伯人都成了乡下人不成。

到了开罗机场，出关的时候，担心的事情终于发生了。

我正拖着一个大行李箱出关，被机场的海关工作人员拦住，要我打开。我在留学前去埃及就听人说，开罗机场的小鬼特别难缠，尤其是见了中国客人，更要找他麻烦，无非就是觉得中国人有钱，想赚点小费。

几年之后，又一次中招，我不免一阵唏嘘：彼时埃及第一轮动荡已然结束，埃及军方取代前总统穆巴拉克执掌政权，老百姓对革新的埃及充满期待，大有万众一心、热火朝天建设新埃及的架势。但是目之所见，一切仍是老样子。一番纠缠以后，我向每个工作人员塞了几盒清凉油，他们虽然觉得不大管用，但也发现在我身上貌似捞不到什么好处，便也就十分不情愿地放行了。

一出机场，虽是秋天的清晨，空气里却总有甩不掉的热度。告别被大小车辆挤爆的机场停车场，经过喧嚣而肮脏的市区，走过埃及国家博物馆，穿过尼罗河一路向南，来到一栋 10 层大楼前。

提着我的行李，乘电梯到达顶层的招待所。电梯门一开，一种熟悉的叫不上名字的甜腻味道扑面而来，充斥在楼道里，一把就把我拉回了几年前在埃及留学的时光。

我心头涌上一股略感无奈的亲切感：就是这里了。

尼罗河·破晓

俯瞰开罗老城，远处的金字塔

开罗被誉为“千塔之城”

动荡时的口号早已远去了，烂尾楼的钢筋还在直冲着天暴露着。

烂尾楼不相信“阿拉伯之春”

第一次到埃及的人，最大的感受或许就是“新鲜”两个字。倒不是这里的风情有多撩人，其实多半是这里人们在日常生活中的另类和特别，让游客匪夷所思。

最惹人注目的大概是随处可见的烂尾楼建筑群了。

埃及贫富分化的国情，在首都开罗就能窥知一二。贫民区和富人区泾渭分明，高楼大厦和“死人城”共处一城。然而无论是贫民区还是富人区，很容易看到四壁红砖裸露、楼顶钢筋冲天的烂尾楼，不明就里的人可能会以为这是埃及房地产泡沫的征兆，然而事实却与此大相径庭。

“烂尾楼”现象在埃及有数十年的历史。如果你够细心，某天可能会突然发现你住处附近的一栋烂尾楼不知不觉加高了一层，但楼顶却依旧裸露着混凝土柱子和钢筋，丝毫没有要封顶的意思。

我专门就这件事问过分社的当地报道员，他们说，不封顶的原因是，房子一旦封顶，就算成品房，政府要向住户征收高额的不动产税，所以大家都赖着不封顶，也就把这项税逃掉了。不过也有人说，埃及不动产税重点征收对象是私人别墅和单一所有权的商用住宅，如果是普通民宅，即便封顶了，税务人员也一般不会找上门来。

不管因为什么，老百姓就把这个“楼不封顶”的独特传统一代代传承了下来。他们并不觉得这样做有什么不好，或者引以为耻，相反，在街坊邻居眼里，烂尾楼建得好不好、高不高，在某种程度上还是这个家族兴不兴旺的判断标准。尤其是在埃及动荡之后，国家经济不景气，人们更是把买地皮购房当作一种稳妥的投资。

所谓没有调查就没有发言权。想要了解烂尾楼的真相，不到实地探查一番还真是不知道，原来烂尾楼里面别有洞天。有一次，一位开罗友人艾哈迈德邀请分社的几位朋友去家里做客，我便借机一探烂尾楼的虚实。

艾哈迈德家的房屋从外面看上去是典型的两层烂尾楼，一进去却像是进了豪宅：豪华沙发是典型的欧式复古风格，底下压着鲜艳的大红地毯，几乎铺满了客厅；欧式餐桌上，亮闪闪的水晶烛台摆成一排，两旁是做工考究的高靠背椅；天花板垂下一簇阿拉伯人偏爱的水晶枝形吊灯，铁艺旋转楼梯连通着上下两层，那氛围毫不逊色于高端会所的会客室。

艾哈迈德跟我说，他们一家人丁兴旺，现在还想着在两层上面再建一层，正准备请工人来建。按照当地人的习俗，楼续得高，说明这家人是“土豪”级别，家境殷实，邻居们都会高看一眼。

那么问题来了，楼层不断增加，如果建筑质量出了问题怎么办？

艾哈迈德安慰说，埃及天灾很少，技术水平好一些的施工队把楼房续个三四层基本不会出问题，即使有问题也不要紧，只要自己有地皮，盖多高就是自己说了算，大不了推倒重建。

一句话简直让人无力吐槽。当时我不禁就想，埃及人还真是一如既往的我行我素乐天派，这种活在当下的精神别人也是无法超越的。就连埃及人在动荡中的做法也如出一辙：突尼斯动荡一刺激，埃及青年网民就开始在网上抨击穆巴拉克政权；激进分子一煽动，数以百万计的民众就相约走上街头示威抗议……

埃及人是这样的。他们受不了国家的现状，受不了穆巴拉克政权的腐败与无能，但是他们大多没有想过，自己把维持整个国家运转的机构推翻了，以后的生活怎么办？

活在当下，是豁达，却也埋伏着隐患。就如烂尾楼问题一般，虽然人人都愿意一层一层地往上盖，人人都觉得房子出问题这种小概率事件不会发生在自己身上，可现实却不尽如人意。2010 年 7 月 14 日，开罗就发生一起居民住宅倒塌事故，共造成 7 人死亡，1 人受伤。后来在 2013 年 1 月 16 日，埃及第二大城市亚历山大也发生楼房倒塌事故，至少造成 24 人死亡，20 人受伤。

类似的事故在埃及并不少见。原因一方面在于违章搭建、施工质量不达标、缺少政府监管，另一方面也是年久失修、住户随意加盖楼层。不过埃及人在看报纸看到这件事的时候，大多数只是说一句真主保佑，就不再放在心上，仿佛谈论的是离他们很遥远、很遥远的一件事情，而他们对加盖自家楼房的热情，却几乎没有受到丝毫影响。

在穆巴拉克政权倒台后，人人都喊着“重建埃及”“保卫革命果实”的口号，也不乏工程师和学者呼吁整顿开罗市容，整治烂尾楼问题，可是直到今天，当你在大开罗地区转悠的时候，发现除了烂尾楼边上多出来的“新埃及”“振兴”字样的巨型广告牌以外，这里给人的感觉几乎和动荡以前没有区别。

动荡时的口号早已远去了，烂尾楼的钢筋还在直冲着天暴露着。

或许没人能改变埃及人活在当下的豁达天性，如同无法唤醒一个装睡的人一般。

红灯不停车的国家

在埃及常驻的时候，被问到最多的一个问题就是：埃及到底安不安全，现在去有没有危险？

彼时我还完全没有想到，在一两年之后自己会到更为“危险”的叙利亚常驻。所以只以自己的亲身体验跟他们说，自己不仅日常生活没有什么不便，还经常出入解放广场，因此如果不是正好赶上一波新的大规模示威游行，基本上安全是没有问题的。如果是去南部的卢克索和阿斯旺，就更没有什么可担心的了，唯一需要担心的是，在5月至10月期间去南部玩会不会中暑的问题。

而当他们真正来到了这片非洲大地，来到了电视里硝烟弥漫的千年古都，他们则是以另一种惊异的、兴奋的神情来感受着这一切。最让他们瞠目结舌的，除了烂尾楼，可能就是埃及的交通了。

当来到开罗，你才发现一个非洲第三大经济体的首都，它的马路上几乎找不到红绿灯。而如果你正在开罗大街上开车，发现一个路口竟然出现了传说中的红绿灯，遵守交通规则的你按照国际惯例踩了刹车，停在路口，那你就惨了——不仅其他司机会对你鸣笛不止，从车窗伸出头来对你说不堪入耳的埃及土语，甚至交警都会过来找你麻烦：老兄，你的车干嘛停在路口？挡了别人的路啦！

在开罗，红绿灯就像恐龙，即使有，也纯属摆设。

更要命的是，不仅过十字路口考验胆量，整个出行过程都是对司机车技的极大考验。不论是什么样的道路，开罗司机都能多闯出一条道来。三车道变成了四车道，四车道变成了五车道，这时候，你会看到你身旁的司机不知什么时候悄悄把后视镜扳回去了：这样可以方便他们在自己的车道上一往直前，而不用考虑与近旁的车辆剐蹭。

最郁闷的还是过马路的行人。在开罗，如果谁过不了过马路这一关，估计是没办法在这里生存的。我就有同事在开罗待了好几个月，还是不敢一个人过马路：在一个应该是十字路口边上，看着两旁汽车飞速驶过，丝毫没有停留的意思，更没有人行横道的标记，而一旁要过马路的埃及人却不知道修炼了什么绝技，在车流中间慢慢悠悠地就穿梭到了街对面，她却连跟都跟不上去——眼看汽车就要开过来了，那空当估计也就只能容一个人通过吧……

与埃及的“奇葩”交通相伴的，是居高不下的交通事故率。最让我记忆犹新的是在 2012 年的 11 月 17 日，埃及中部艾斯尤特省曼费卢特市发生一起火车与校车相撞事故，导致包括 40 名儿童在内的 47 人死亡，另有 13 人受伤。

可能他们的家长怎么也想不到，一条普普通通的上学路，竟会成为他们孩子生命的终点站。埃及交通部长穆罕默德·拉沙德随后向时任总统穆尔西递交辞呈，引咎辞去部长职务。

近年来，随着埃及汽车数量持续增多，道路交通事故频发，人员伤亡和财产损失惨重。究其原因，主要是司机不良驾驶习惯、道路交通设施落后和监管体系不健全。在埃及，很多道路不用说缺少配套的交通指示牌、信号灯、避险设施，甚至年久失修照样超负荷运行。除此之外，司机上高速时接打电话、卡车随意横冲直撞、小巴任性路边停车这些奇观也是让人叹为观止之余不免提心吊胆。

虽然整改呼声不断，但一来埃及政局混乱，动荡余波不断，二来动荡之后的埃及百废待兴，积弊已久，千头万绪，政府也没工夫腾出手来对交通问题进行专项整改。终于，在 2014 年的 10 月 13 日，又一起惨剧发生了。这一天，3 辆客车在南部阿斯旺省沙漠公路相撞，导致 30 人死亡，15 人受伤。

眼看赖以维持国家财政收入的旅游业有因此受到冲击的风险，埃及政府终于坐不住了，不得不出重拳整治交通痼疾。一个多月后，被称为埃及史上最严格的修订版新交通法终于在 2014 年 11 月 24 日上线。

回头来看，如果交通法能够再早点实施，或许埃及的交通事故率就会降低不少。然而，如果没有居高不下的交通事故率，没有举国震惊的鲜血淋漓的教训，或许直到今天，新交通法草案还安安静静地锁在埃及专家学者们的办公桌抽屉里。

埃及新任总统塞西上台之后，为了响应民众的诉求，建设一个新埃及，政府在交通方面也加大了改革力度。然而虽然新交通法已经开始实施，但冰冻三尺非一日之寒，连埃及运输部长顾问、道路交通专家阿里·萨利姆自己也承认，“这个过程可能会很漫长”。

或许没人能改变埃及人活在当下的豁达天性，如同无法唤醒一个装睡的人一般。

一座广场，一条河，一个水烟壶，聊慰平生。

有一种生活叫水烟

说起水烟，没到过中东的朋友可能有点陌生。不过在尼罗河之滨的埃及、千塔之城的开罗，水烟是这里人们日常生活中少不了的消遣品。套用一句广告词：中东牌水烟，青春的烟，友谊的烟。

结束一天的工作，埃及人开始了下班后的休闲生活。在咖啡馆、尼罗河边，在市场里、家门口……拉一个小凳子，点一管水烟，一段“埃及 Style”就这么开播了。似乎无论时局怎样动荡、生活多么艰辛，都不能影响埃及人享受水烟——起源于中世纪的水烟，既像一件经年的饰物，又像一个随身的工具，在历经了几百年的沧桑洗礼之后，这里的人们仍对水烟十分痴迷，那程度就像他们喜欢调戏外国美女一样，怎么戒都戒不掉。

水烟由烟碗、烟管、调气孔、烟瓶、烟盘、胶套和烟扩散套组成，它使用煤炭烧完后的余热点燃烟草，并使之与蜂蜜或水果调和制成，抽的时候少了那种普通香烟的呛鼻气味，多了一种令人心旷神怡的水果清香。

水烟的烟碗，又叫烟头，是用来放置煤炭和烟草的大理石或不锈钢容器。其中煤炭需不时更换以保持烟草燃烧。吸食水烟的烟管是一根细长的软管，两头装有烟嘴。当抽水烟觉得吃力时，烟管上的调气孔就可以用来调节其松紧度。调气孔里装有控制松紧的小圆珠。水烟的烟瓶中装的是清水、果汁等基料，用来增味。水烟最下面的是烟盘，用来放置炭灰。水烟各部分之间用胶套连接并密封，同时配有烟扩散套，放在烟身底端，可以减少烟量、降低烟温。

现在，水烟店里大多使用一次性的水烟管，抽起来更卫生。

到了华灯初上的时候，夜色微醺，人们开始一群群聚集在水烟店、咖啡馆里，抽上 管水烟。从大文豪纳吉布·马哈福兹到市井平民，无论贫富贵贱、三教九流，水烟是无法缺失的一个存在。无论是舒缓一天工作的疲惫和焦虑，品味休闲时分的惬意，或者是陪伴朋友长谈时的消遣，增添聚会聚餐时的兴致，这里的人们不仅抽水烟，更喜欢就着水烟谈天说地、打牌进餐，仿佛在层层的烟雾缭绕中，生活的意义也变得更加充实了。

一座广场，一条河，一个水烟壶，聊慰平生。

吸一口水烟，吐出的烟雾缭绕在眼前，解放广场的抗议声隐约在远处响起，尼罗河上的三角帆船正在黄昏时分划开河水的金光。这时候，内心充斥的是一种复杂的感觉，一种自己真真切切地过日子的感觉。

这种感觉不像在北京这样的大都市面对行色匆匆擦肩而过的路人，面对冷冰冰高耸入云的现代建筑，面对呼啸而过拥挤不堪的地铁……也不像在小城镇一过晚上十点吓人的寂静，走不过半小时便到了野外的促狭。

这是一种很奇特的生活方式，和解放广场的抗议声有着莫名的奇妙共鸣。似乎那些所谓的“民主游行”和“街头革命”在什么地方喧嚣着，可是此刻，在云雾缭绕的水烟馆里，没有人去管它，因为有一种混着苹果味或草莓味的生活，此刻正轻轻陪在他们身旁。

阶梯金字塔宫殿

阶梯金字塔

而周围的残垣断壁则令人在感叹沧海桑田之余，好似在千年之间的梦幻与真实之间穿梭逡巡，不忍离去。

你不知道的金字塔

到访埃及，金字塔绝不能错过。一提到金字塔，人们脑海中闪过的多是位于吉萨的三座大金字塔。殊不知在离它不远的地方，有一座更为古老的金字塔，已历经 5000 年岁月的雕琢，依然岿然屹立于黄沙之上。这就是世界上完整保存至今的最古老金字塔——阶梯金字塔，堪称金字塔界的“鼻祖”。

从开罗市区驱车向南行驶约 30 公里，就来到了塞加拉地区的阶梯金字塔群。塞加拉金字塔位于沙漠地带，距离居民区较远。随着四周景色从城市到乡村再到洪荒大漠，及至来到陵墓雄伟的金色外殿前，不远处阶梯金字塔的雄浑轮廓逐渐清晰。

阶梯金字塔位于一个墓冢群的中心，四周还分布着一些已经残破坍塌的金字塔、庙宇和坑道。外殿约有三层楼高，通体由石灰石建成，外体镀铜色金属。当初的外殿和围墙由 40 根石柱支撑，如今有些已经被风化。这 40 根高 6 米的石柱也来头不小，据信是古埃及建筑史上最早的石灰石圆柱。

从外殿的主门进入，穿过狭长走廊，眼前四面被残破古墙包围的就是距今已近 5000 年的阶梯金字塔。

阶梯金字塔是公元前约 2700 年至 2600 年期间，古埃及第三王朝开国法老乔赛尔的墓冢。它最令人称奇的地方就是，

坍塌的金字塔

不仅在古埃及历史上首次创造了六十多米之高的建筑奇迹，更首次使用石块代替砖作为建筑材料，成为世界上完好保存至今的第一座大型石造建筑。

据导游穆罕默德·阿巴斯介绍，第一和第二王朝统治者都使用砖木材等修建长方形坟墓，不易留存，至今已近风化无存。而这座金字塔的建造者首次使用石块逐级堆砌，成就了这座古代建筑史上的奇迹。

阶梯金字塔高 62 米，由 6 层逐级递减的等腰梯形六面体堆砌而成。基座为长 125 米、宽 109 米、高 11 米的等腰梯形六面体，在它基础上一层层加建，逐层缩小。远远望去，就像巨型阶梯直凌云霄。金字塔主墓室则深入地面 30 米之下，存放乔赛尔及其 5 位家庭成员的棺柩。

唯一遗憾的是，金字塔内部未对外开放。由于 5000 年的风吹日晒，金字塔外层的白色石灰岩几乎完全脱落，部分外墙石块也有些松动了。

距离阶梯金字塔 1000 米左右的地方，有一座神秘的地下墓室，里面保存着的彩色壁画算是硕果仅存的尚未褪色的古埃及壁画之一，上面仍然栩栩如生地描述着当时的生活生产场景和上天诸神的样貌。有人在节庆时起舞祝祷，有人在田地里扶犁劳作，有人向鸭胃里填充谷物，有人用酒瓮酿制美酒……

阶梯金字塔旁的另一座墓室则损毁严重，仅有一面墙上保留着古埃及象形文字，如图如画，如符如咒，任来往游客如何思索，只能在驻足良久之后望“壁”兴叹而无从理解了。

同来此处旅游的埃及人阿卜杜拉·卡迈勒也是第一次来这里参观。在他看来，阶梯金字塔给人以更加真实的存在感，令人冥想到古埃及人科学的发达和天人合一的神秘。

事实上，在阶梯金字塔的附近，还有一座弯曲金字塔和一座红色金字塔，这些产生于胡夫金字塔之前的雏形，都是古埃及建筑学家在实践中一步步摸索、一步步臻于完美的最好证明。当人们站在屹立数千年的这些金字塔前的时候，关于金字塔是否是外星人制造的所谓“未解之谜”也就不成其为谜了。

导游阿巴斯说，古埃及人认为，如果在地上修建6层天梯，就会通往天神居住的地方。这座金字塔的建造者在陵墓之上建造天梯，就是想让法老在死后云游于天际，见祷于神祇。而对考古学界来说，这座金字塔更大的意义在于，它掀开了古埃及建筑史上的新篇章，它让法老陵墓建筑艺术从方形过渡到了角锥形。如果没有这座金字塔的建成，我们今天或许就无法看到更为成熟的胡夫金字塔了。

彼时，动荡的时代仍在喧嚣，游人寥寥，两三驼影，为金字塔更添一份静谧与荒凉。远处回首，阶梯金字塔群的远影在罡风沙漠与幻日碧空中渐渐定格，似乎在无声地诉说着5000年的岁月变迁。而周围的残垣断壁则令人在感叹沧海桑田之余，好似在千年之间的梦幻与真实之间穿梭逡巡，不忍离去。

这是动荡的留声机。唱针划上唱片的那一刻，无论多么久远，历史在耳边弥新。

动荡背后的见证者：解放广场

提起市中心广场，人们脑海中大多会想到天安门广场，或者举世闻名的莫斯科红场、香榭丽舍大街毗邻的巴黎协和广场、青春时尚的曼谷暹罗广场……但是没有一个影像能与见证动荡

被烧毁的民族民主党大楼

历史的开罗解放广场相吻合。

在开罗的尼罗河畔，沿着长长的河滨大道一直走，就到了市中心的解放广场。解放广场与著名景点埃及国家博物馆毗邻，在博物馆旁，还有一栋十分扎眼的被烧毁的大楼，那是在埃及动荡伊始，被愤怒的游行示威者放火烧毁的前执政党民族民主党的总部大楼。

与其他城市广场的极致繁华正好相反，自 2011 年动荡以来，充斥开罗市中心解放广场的，是愤怒和流血，是谎言和欺骗。

这里有着与过去道别的决绝，和迎接未来的不安。

在我常驻期间，这里经常成为动荡现场的展馆，更是政治斗争的前线："穆斯林兄弟会"和军方在这里为争夺政治权利而互相厮杀；革命青年在这里为所谓的革命目标而彻夜不归；阴谋家在这里制造谣言、煽动骚乱……

在这里，刺鼻的催泪瓦斯让人的咽喉有灼伤的剧痛，甚至会让人窒息；在这里，示威者和军方冲突的临界点一触即发，橡皮子弹成为致死的利器；在这里，骚乱分子和小商小贩混迹于示威潮流中，每个人都是这个动荡时代的鲜活注脚……

自从动荡以来，每次埃及的政治剧变都会在这里激起新一轮的民众示威游行潮：谢拉夫内阁辞职、詹祖里组阁、议会选举、塞得港球迷骚乱、议会解散、穆巴拉克受审、总统大选……民众对每一次埃及政坛变动的反应都能在这里感受得淋漓尽致。失去孩子的母亲在广场上简陋的帐篷里以泪度日；没有工作的青年成了职业的"游行者"；因动荡失去工作的老者摆摊做起了小生意；被阴谋家雇用的市井流民在暗处挑拨是非。

这里浓缩了一个社会的百态，也见证了历史的创伤：催泪瓦斯、高压水枪成为警方最惯用的驱逐示威者的工具；木棍、燃烧弹和砖块则被示威者用来宣泄他们的仇恨和愤怒。

这里也时常成为我们的临时发稿中心，因为这里离现场最近。冲突爆发的时候，一个市中心的临街小屋就成为我们的据点，也成为记录历史的阵地。没有现场就没有新闻，没有一线就没有权威性。就是在这里，我们走到民众中间，走到冲突的风暴眼，走进军警和民众对峙的核心，近一点，再近一点，不断接近着现场的最前沿——

军方推迟议会选举进程时，我们听到了民众的愤怒。那愤怒是回声整天的口号。

塞得港球迷骚乱之后，我们感到了民众的悲伤。那悲伤是无以复加的泪水。

总统大选结果宣布时，我们记下了民众的狂欢。那夜幕下狂欢的烟火把人们心中的喜悦照得透亮。

穆尔西执政一周年时，我们再次被民众的不满震惊。那似曾相识的抗议浪潮仿佛预示着又一个新时代的到来。

我一直记得第一次来到解放广场，是 2011 年 11 月穆巴拉克下台后动荡最激烈的时刻。毫无秩序、硝烟弥漫的现场不可谓不震撼、不恐慌。30 多人死亡、数千人受伤的惨烈画面就在眼前上演。身体稍微有些颤抖，但是我明白，来到这里，我才会了解我要的是什么、我应该做什么。这里，才是阵地；这里，才有新闻。

如今，随着塞西上台，解放广场已经渐渐开始恢复往日的模样。曾经的流血冲突、愤怒呐喊和旗帜标语都随着这段动荡岁月的流逝而慢慢地从记忆深处褪去，只有用笔、用镜头记录下的历史可以永恒——

这是时代的灵魂，是血泪与爱恨的交响。

这是动荡的留声机。唱针划上唱片的那一刻，无论多么久远，历史在耳边弥新。

这灵魂，永远抹灭不去。在这里，才能握到新闻的脉搏。在埃及驻外的每一天里，我就是一边这样想着，一边一脚踏进了中东动荡的洪流中……

生平第一次踏上战地

在埃及驻外的时候，我从未想过我能去伊拉克采访。

那是在 2012 年 3 月底。3 月 29 日，阿拉伯国家联盟（阿盟）峰会在伊拉克首都巴格达举行。这是伊拉克 1990 年以来首次举办阿盟峰会，也是伊拉克战争以后举办的首场大型国际会议。为了报道好这次峰会，中东总分社派出 4 人报道小组赴巴格达增援分社报道，小组由我带队，除我之外还有一名摄影记者、一名摄像记者和一名来自埃及的报道员。

在接触国际新闻报道之前，甚至于来到伊拉克之前，这个国家给我留下的印象几乎可以用两个词概括：战争、自杀式爆炸袭击。

2003 年，美国以伊拉克藏匿大规模杀伤性武器和萨达姆政权支持恐怖分子为由，绕过联合国安理会，发动伊拉克战争，造成 10 万伊拉克人、近 4500 名美军士兵丧生，3 万多美军士兵受伤，100 多万伊拉克人无家可归。但事到如今，前一项指控始终没有找到物证，后一项指控始终查无实据。

与此同时，在美军占领下的伊拉克并没有像之前人们憧憬的那样恢复和平与安宁。教派矛盾激化，爆炸袭击不断，布什总统承诺的自由与安全已然化成沙漠中的蜃景，人民依旧生活在恐慌之中。八年过去，美国在伊拉克陷入尴尬境地。无奈之下，美国驻军开始撤离，最终于2011年12月完成撤军计划。2011年12月15日，时任美国国防部长帕内塔正式宣布驻伊美军任务结束。

撤军前夕，伊拉克政府信心满满地宣布，伊安全部队已做好独立承担安全职责的准备，并对即将承办的阿盟峰会格外重视，希望借此机会向外界展示重建成果，重树国家形象，改善与主要阿拉伯国家的关系，重新融入阿拉伯世界。

然而伊拉克的现实就是这样，不以人的意志为转移。就在阿盟峰会召开前，伊拉克还是发生了数次爆炸袭击，让人觉得一切并非政府想得那么顺利。峰会召开前几天的3月20日，首都巴格达、南部城市希拉、什叶派宗教圣城卡尔巴拉、北部石油重镇基尔库克以及萨拉赫丁省发生多起爆炸袭击，至少造成43人死亡、近200人受伤。这一事件无疑为阿盟峰会蒙上一层阴影。

此时此刻，我们一行四人并没有闲暇去担心伊拉克峰会前的紧张事态，而是在埃及紧张地进行着准备事项：制定报道计划、协调前后方报道安排、办理签证和媒体通行证、预订机票和住所。报道安排进行顺利，我们的行程却几乎卡在媒体证上。

由于伊拉克政府对此次峰会十分重视，安全审查自然是严上加严，我们在埃及一早填好了媒体证的申请表格，但直到临行前几天，媒体证却迟迟没有收到。

拖延症似乎是我接触过的阿拉伯人的一种做事方式，尤其是事情涉及到两个阿拉伯国家的时候，更是让人不得不服。我们一遍又一遍地前往伊拉克驻埃及使馆查探进展，恳求、质问、找关系，但那里的工作人员要么让我们稍安勿躁，要么就是无可奉告……几番煎熬之后，媒体证终于在临行前一天办好。而跟我们前后脚赶赴伊拉克报道峰会的人民日报同行，却被告知由于时间太紧，他们只能先行前往巴格达，在当地补办媒体证。怀揣着些微忐忑和焦虑，我们扛上“长枪短炮”，展开了赴伊拉克未知的“探险之旅”。

如果说埃及的示威游行和流血冲突已经足够令一些游客望而却步的话，那么伊拉克的爆炸袭击和冲突交火则是完完全全的生死时刻。那是我生平第一次，踏上了真正的战地。

驻地周围环境

悠远的诵经声从一座座新月穹顶清真寺传出，夹杂着上空直升机巡逻的轰鸣声在低矮的建筑群中回荡。

这里就是巴格达

当飞机降落在巴格达机场的那一刻，我的心少了几许忐忑，又多了几分好奇，急迫地想一睹一个刚刚从战争的泥潭中解脱出来的国家，究竟会是什么样子。

首先最想一探究竟的，就是传说中的“全球最危险公路”。2010 年 11 月，巴格达时任市长萨比尔·埃萨维宣布，将斥巨资把曾经暴力袭击频发的机场路打造成“全球最美街道”，以改变媒体眼中“全球最危险公路”的不良印象，迎接阿盟峰会的召开。一年多之后，我甫下飞机，穿过一群招揽生意的黑车司机，摆在眼前的依然是一条百废待兴、工程车与装甲车杂乱停放的“不毛之路”。

从机场路驶向市区的道路上，到处都是未完工的建筑工程、无人问津的地基和刚栽种不久的树苗。为了迎接这次峰会，伊拉克政府真可谓煞费苦心，修缮道路，美化街景，可惜用力过猛之余效率不高，才最终让人们目睹了这番尴尬的景象。

司机伊斯梅尔·穆罕默德向我们介绍说，为了迎接阿盟峰会，这些机场配套设施和美化工程早在 2010 年就已经开始筹备，但是照当时的情况看，谁也不知道何时才能完工。

共有三条车道的机场路两旁布满铁丝网和防爆墙，偶尔能看见几块绿地孤单地点缀在连片的荒漠上，一排排亮着的路灯在日照下显得十分突兀，不时有负责安检的士兵将我们的车拦下，或简单询问，或详细盘查，一条不算长的机场路足足走了一个小时。而司机却对此习以为常，略显无奈地频繁出示证件。

进入市区后，我们看到各个检查站都由为数不少的军警执勤把守，真算得上是“三步一岗，五步一哨”。街上行人寥寥，就连路边集市也一片寂静。据我们驻地的工作人员雷斯·穆斯塔法介绍，为了保证峰会顺利举行，近两天巴格达新增了很多临时检查站，很多街区已禁止普通车辆通行，巴格达民众也已开始为期一周的假期，大众市场和普通店铺纷纷关门歇业。我们乘坐的汽车在靠近政府所在地“绿区”时也被勒令停车，只能步行半个小时前往驻地。

据伊拉克安全部队的消息，阿盟峰会期间会有 10 万名军警驻守首都各地，全力确保峰会成功举行。但与此同时，爆炸袭击的威胁仍让人们绷紧本就尚未放松的心弦，发动汽车前仔细查看底座已经成为最基本的生存方式之一。手持 M-16 步枪的迷彩服士兵不时向过往车辆和行人投以警觉的目光，正午

驻地旁的伊拉克住户，可能是安全人员

的空气几乎要凝固在灼热的阳光中。

这里就是巴格达了——悠远的诵经声从一座座新月穹顶清真寺传出，夹杂着上空直升机巡逻的轰鸣声在低矮的建筑群中回荡。虽然是三月，但是已经感到有些酷热，底格里斯河被烈日披上粼粼波光，岸边满眼都是荷枪实弹的军人。

位于两河流域中部的巴格达，其城名在古波斯语中意为“神赐之地”，古巴比伦文明在这里孕育，《天方夜谭》的神话从这里起源。

然而，五千年前“神赐之地”的繁华难再，在经历数十年战乱和制裁之后，伊拉克民生凋敝，复苏艰难，经济一蹶不振，亟待重建与复兴。“全球最美街道”的梦想曾令其踌躇满志，然而在爆炸频发、教派纷争、政府权力倾轧的残酷现实中，人们可曾记得，美好的梦想照进伊拉克的现实并非一件易事。

采访时任阿盟秘书长阿拉比

警犬安然坐上我的背包

除了在到达巴格达后的第二天，我们有空到驻地附近放了放风，其余时间就全投入到了峰会报道当中。一天里，平均要写两三篇稿件，还要做几个出镜报道，然而最让我们头疼的，不是报道压力和安全威胁，而是地狱般的安检程序。

此次阿盟峰会在共和国宫召开，而共和国宫位于安保级别最高的“绿区”。“绿区”占地大约10平方公里，位于巴格达市中心、底格里斯河西岸，是中央政府机构和西方国家使馆所在地，戒备森严，进出需要特别通行证。

直到2015年10月4日，伊拉克总理海德尔·阿巴迪才宣布，向民众开放巴格达的“绿区”。而在此之前，进入“绿区”不仅需要经过层层安检，包括下车检查和警犬嗅探，还需要把护照押在安检站，离开时才能取回。去一趟，光路上停车安检就需要几十分钟，非常费劲。

而在阿盟峰会期间，“绿区”的安保级别更是全面升级。比如，当天的会议本来在早上10点才开始，为了留出安检耗费的时间，记者们必须要在凌晨三四点就在绿区外的曼苏尔酒店集合，分批安检后，再坐上指定的媒体车前往“绿区”，途中至少需要进行三次安检。

整个峰会进行了三天时间。前两天，除了漫长的等待和繁琐得让人抓狂的安检之外，似乎一切都十分平静，没有出现意外安全事故，也没有听说混入了什么可疑人物。

第三天是峰会的最后一天，也就是要闭幕、发布宣言、举行记者会的最重头的一天。经过前几天不分昼夜的采访和赶稿子，我感觉自己脑子里的一根弦就要绷断了，然而曙光就在眼前，我们只能一鼓作气做最后冲刺。前一天夜里，我几乎只睡了四个小时，就匆匆起床准备重头稿件，然后带上印有“新华社”标识的书包和电脑，天还黑着，就前往曼苏尔酒店集合。

到了酒店以后，又是漫长的等待。等轮到我们这一批，已经到了早上五六点。

安检的程序是十个人一组，每个人把包放在离自己三四十米的正前方，然后站成一排，人、包分检。安检人员负责搜身，警犬负责嗅探包裹。不知道是不是警犬也感觉到了今天是安检气氛最压抑的一天，或者被饿了许久，总之它嗅每一个包的时候比前两天格外认真。警犬的规则是：如果觉得有问题，就坐在那个有问题的包上面。

在我们前几组的时候，有的包被警犬认为有问题，可怜的包的主人怎么辩解都没有用，只好把东西从自己的包里拿出来，包自然就作为可疑物品被扣在了酒店。

轮到我们这组的时候，警犬一个一个地闻包，闻了一遍以后，似乎没有嗅出可疑物品来，于是无辜地抬头看看一旁的安检人员。

安检人员示意它再确认一下。

这个时候，要命的事情发生了。警犬闻了第二遍以后，开始在我的书包周围打转，最后带了一丝犹豫地、慢慢地坐在了我的包上，然后回头看了看安检人员。

旁边的安检人员满意地摸了摸警犬的头，把我的包像战利品一样举起来。我在众人的注视之下，一步一挪地走过去认领……

简直是晴天霹雳！包里装着电脑、本、一大堆会议材料暂且不说，关键是我的包真的丝毫没有问题啊！我跟安检人员辩解了两句，但人家摆出一副“这种话我不知道已经听了多少遍”

伊拉克街头检查站旁专供女性安检的小黑屋

的表情，我只好把包腾空，包里的东西分给其他几个同事，剩下的就只好抱在自己手上。

但即使如此，峰会还是没有躲过爆炸的厄运。

当天会议开始后不久，“绿区”入口处的街道就发生了爆炸，所幸没有造成人员伤亡，对峰会过程也没有造成影响。后据伊拉克官员称，袭击者在距离现场数十米的住宅内向“绿区”发射火箭弹，试图袭击峰会会场，但未能命中目标。不过这唯一的一次意外，也被各大媒体聚焦，成为峰会中最重磅的一条花絮。

实际上，“绿区”里面虽然相对安全，也是武装人员的袭击目标，时常被从天而降的火箭弹和迫击炮命中。“绿区”入口也是经常发生自杀式袭击的高危地点。

就在意外状况和有惊无险的交错中，我们完成了峰会采访，班师回到开罗。而我也背着被警犬坐了一屁股的书包，结束了人生中的第一次战地之旅。

番外篇①

再别开罗

再有不到半个月就要离开工作、生活了一年零三个月的地方了。

最近重读了很多书，最近一本是《牛棚杂忆》，昨晚读之，竟不忍入睡，辗转反侧想着些形而上的事情，或者叫“主义”。

人所皆知，泰山之上有一处景叫“快活三里”，意为在艰苦攀峰之中，此处有长达三里的坦途之所在，令人心悦祛疲，因此誉作“快活三里”。

人生何尝不是如此。总有险峰之上，无限风景，从容玩味。然而一路走来我却越来越疑惑于两件事情：

一是，是否我的快活三里早已走过，而我未曾感恩不说却茫然不自知。

二是，我的快活三里是否遥遥无期，而我终究害怕在达到之前精疲力竭。

所谓不惧不怖，于此时而言太过艰难。

在国外的工作确实一如想象中辛苦，和回忆里留学时的经历一样，少喜多忧，寂寞十之八九。即使有快乐欣喜、欢愉忘怀的时候，那感觉也实在是稍纵即逝的。

然而时至今日，终于快要和这里的一切喜忧道声再见。

历史不自今始，而今之喜怒哀乐，则要从前的归从前，往后的归往后，踏上归途，泾渭分明了。

这一年零三个月，我目睹、经历了想象不到的意外的成长与收获，但也遭遇了同样未曾卜知的种种遗憾与惆怅。然而我仍然希望自己一如既往地以一颗感恩的心，感谢构成这一年零三个月中的、所有生命的光点。

那些光点，是真真切切与我联系在一起的。

（写于2013年1月7日，确定转岗至叙利亚常驻后。）

开斋节时采访开罗街头礼拜民众（韩冲 摄）

也许总是这样，对茫然不可知的事物，总是彷徨困惑大于期待。现在，或许闭着眼睛走才是对的，纯黑是不是有时比不知所措更加真实。

番外篇②

战乱时期的焦虑症

傅雷先生说得好：最折磨人的不是脑力劳动，也不是体力劳动，而是操心。

如此不谙世事的我，在埃及开罗这一年多的经历中也渐渐变得不由自主地操心起来，用时髦的话说，恐是患上了一些焦虑症。

也许是该欣喜的，因为人总不可能永远活在这一个盖纳西岛或者那一个太虚幻境里，说着那些无关痛痒的“东君负我春三月”“更行更远还生”——即使渺小如蝼蚁，也总归会介意风雨雷电，求得个温暖的庇所。假使大雨滂沱而不自知，就只有茕茕孑立的份儿了。

何况这次更是要开始记下新的城市，熟悉新的环境，在此之前，永远都是有些畏缩的。也许总是这样，对茫然不可知的事物，总是彷徨困惑大于期待。

这次回开罗可暂住一小段时光，权当是对这里的生活做个短暂的告别。其实我自知总归是一个感情十分充沛的人，即使再恶劣的环境，在这等离愁别绪的渲染之下，也还是会想起一些令人欣慰的点滴，何况埃及并不能算作多么恶劣，除了红海和地中海的海滩，还有我付出努力为之奋斗的新闻工作——如果我的工作能够这么被评价的话——想起熬夜、加班的每一个夜晚，总归是觉得甘之如饴的，因为，生命中无聊的每一天，不正应该以忙碌来填充，才觉得色彩斑斓吗？否则就像是去色的照片，在 outsider 看来好像死气沉沉、无可凭吊的。

很佩服苏轼的一句“也无风雨也无晴”，是怎样的恬淡才能达到这种物我两忘的境界？所谓浮生之中，我越想去探究“萧瑟处”的就里，就越发现格格不入。我想，我还是需要一件蓑衣的，我需要穿着它工作、生活，完成浮生中需要例行的所有事情。在此之前，越操心，越疑惑，就越迷失自我。

可是谁又能完全译出当下的自我。

我想，真正的达观是坦然面对生活中的矛盾而又与之和谐相处，对于多面的自己清醒认识而又能刚柔并济。

但是现在，或许闭着眼睛走才是对的，纯黑是不是有时比不知所措更加真实。

（写于 2013 年 3 月 23 日，赴叙利亚常驻前夕。）

厌倦
与
天真

当85后撞上战地

在极远极远的天边，

爆炸浓烟与天幕相接的缝隙之处，

明灭着的是天堂之城的前世今生，

憧憬着的是痛苦与泪水灌注的钢铁般的永恒新生。

WEARINESS
AND
INNOCENCE

从贝鲁特通往大马士革的国际公路

在极远极远的天边，爆炸浓烟与天幕相接的缝隙之处，明灭着的是天堂之城的前世今生，憧憬着的是痛苦与泪水灌注的钢铁般的永恒新生。

在这里，活着胜过一切

2013 年 3 月 31 日，我告别常驻了一年半的埃及，从开罗机场出发，前往黎巴嫩首都贝鲁特，再从陆路抵达大马士革。

在叙利亚危机爆发前，甚至是在一年以前，开罗和大马士革之间的航班都是很便捷的。但是到了 2013 年，在我临走去常驻之前，分社的同事告诉我，大马士革机场路因为连接着政府军与反对派的交战区，安全局势混乱，可能会有反对派的武装分子伺机在路上埋伏狙击，因此为了安全起见，建议我先飞到贝鲁特，然后走陆路去大马士革。

31 日那天清晨，从开罗启程，正式前往大马士革开始崭新的工作。开罗到贝鲁特的航班在早晨 8 点 45 分，由于怕路上耽搁，所以 6 点就到了中东总分社楼底下准备出发。总分社许多同事们都早早起来送我，让我忐忑的内心得到几分慰藉。其实，自己心里有时候会打鼓：能不能管理好一个分社？能不能完成各项报道任务？能不能抗住战火的压力？说实话我并不十分笃定。当时我只有 24 岁，未来的旅途充满了未知，而我手中，只有一张孤行的机票。

到了贝鲁特已经 11 点。走出贝鲁特机场，央视驻叙利亚记者站的司机在等着我。

有人也许会问，为什么不是分社的汽车来接？分社的确有车，不过就在我常驻叙利亚前的两个月，分社两名雇员有一次乘车前往大马士革郊区一个巴勒斯坦难民营采访，不料难民营里鱼龙混杂，有当地反对派的武装人员听说这两个人是中国媒体的雇员，便不由分说将他们绑架，分社的车也被反对派扣留了。当时情况很危险，两位雇员的生命就握在反对派人员的手中。分社时任首席记者拱振喜老师也四处联络，拜托中国使馆和叙利亚政府想办法解救，最后在多方努力之下，反对派武装把两名雇员释放了，可车却在扣留之后不知所踪。

分社就此陷入没有交通工具的困境。好在使馆及时解围，给分社租用了一辆使馆内存放的闲置车辆。但是由于使馆车辆用的是外交牌照，分社在使用时只能换成普通牌照。这一换不要紧，出入境的时候，海关一看牌照和车辆不符，就说这车如果出了境的话，再入境就麻烦了。由此，分社的这辆租来的车就只能在叙利亚境内跑跑，无疑给分社活动造成诸多限制。

而直到我的前任拱振喜老师离任的时候，那辆被扣留的车还是杳无音讯。我还没到叙利亚，就有这样一项棘手的事情摆在面前。那时，我并不知道，这只是九九八十一难里面的第一难。

这自然是后话。当天，司机接上我以后，经叙黎边境一路奔赴大马士革。从贝鲁特到大马士革只有一条路。在这条高速

危险的大马士革机场路

路上，往返叙利亚和黎巴嫩的车辆着实不少，一条路生生被堵成了北京二环路。由于叙利亚的局势不断恶化，黎巴嫩又是周边国家中对叙利亚民众最为开放的国家，因此到黎巴嫩避难或补给，成为很多叙利亚民众的唯一选择。

但是自2012年开始，叙利亚危机不断恶化，危机的“外溢”效应也导致了黎巴嫩恶性事件频率增高，因此这条高速路沿途增设了好几处检查站，严防可疑人员进出。

在我到此之前，这条道路上已经发生过多次爆炸，造成人员伤亡。然而爆炸和死亡并不能阻挡人们经此逃难或购物的决心。大马士革分社的当地雇员蒙瑟夫有一个一岁多的孩子，他经常拜托去黎巴嫩办事的熟人帮他买国外的婴儿奶粉——由于备受西方制裁，在叙利亚连奶粉都成了稀缺物品。和蒙瑟夫一样，每一辆前往黎巴嫩采买的车都有一份长长的购物清单，往往是空车而去、满载而归。

当我还在想着这一路还算安全的时候，车开到大马士革郊区的路上，我们发现旁边一个建筑物冒起滚滚浓烟。我和司机尚不知发生何事，直觉告诉我们加快车速，迅速通过。事后才知，就在我们的车开到之前不到半小时，那个地点刚刚遭到反对派武装的迫击炮弹袭击。

这算是叙利亚送给我的第一个礼包。

后来常驻的时间久了，我渐渐明白，类似这样的擦肩而过，是叙利亚的常态。在这里，活着，胜过一切。

就在落脚后没过几天，一个午夜，朦胧中听到一声巨响，天花板的灯都晃了两下。爬起床来看，原来是楼下古瓦特里大街遭到了迫击炮弹袭击，停在路边的一辆车随即被炸弹碎片引燃。然而，我刚刚回屋里取来相机，就看见有安全部队的军车和消防车前来把现场处理完毕，不留痕迹。大路上零星的汽车依旧飞驰而过，街道复归午夜的宁静。

一次和服务生穆罕默德·菲拉兹开玩笑："如果这窗帘再厚一些、玻璃再厚一些就好了，听不到外面的声音也许更踏实。"他随即莞尔："那你恐怕只能申请退房，然后出境了。"

但更多时候，服务生会打趣我贴在办公桌前墙上的十多张小贴纸。上面密密麻麻记载着每天要办的各项工作和备忘。服务生都说，房东要收我的墙壁污损费了。

我到最后才发现，这些小贴纸最终构成了我在叙利亚生活很重要的一部分。这些贴纸，也促使着我在绝望的战火中保持兴奋而求索的初心。

即使在炮火声中惊醒，即使在爆炸现场被告知二次爆炸随时发生，我和我在叙利亚的同事们都从未畏缩。而在常驻伊始，叙利亚动荡刚刚度过了两周年的纪念日，一切和平与安宁早已分付笛中折柳、霜华天涯。

萧萧飒飒西风送晚。
黯黯然一轮落日冷长安。

趁着我记忆中的图景仍然鲜明。

趁着我动荡中的青春仍在燃烧。

我纵身突入这场无边无际的战火中，寻找每一个生命里闪亮的光点。

而我始终相信，在极远极远的天边，爆炸浓烟与天幕相接的缝隙之处，明灭着的是天堂之城的前世今生，憧憬着的是痛苦与泪水灌注的钢铁般的永恒新生。

在大马士革古城采访（焦翔 摄）

在这里，人们找不到因爆炸或炮弹的威胁而闭门不出的理由。

战地记者不穿防弹衣

说起战地记者，很多人会把它和防弹衣联系起来。

很多朋友问我说，平常你们出去采访是不是都得穿上防弹衣？是不是外出上街买菜的时候也要穿着防弹衣才行？

其实，大多数时候，战地记者是不穿防弹衣的。想象一下这个场景：在岗哨密布的大马士革街头，人们在纵横交错的路障中艰难地穿梭着，依序接受着把守在路障前士兵的抽查，突然一个穿着笨重的防弹衣的人出现在人群中，胸前或许还挂着一架相机……

至少我在叙利亚一年多的时间里，从来没有见过这样的场景。如果真的出现一个穿着防弹衣的人，如果不是初来乍到的菜鸟记者，那人们恐怕会认为他就是自杀式爆炸的实施者了。

战地的日常，与防弹衣无关，它是隐忍的平静。

在大马士革市中心的玛尔杰广场，每天都聚着一群鸽子和许多看鸽子、闲谈聊天的人。2013 年初的一个晌午，广场上的鸽子正在四处觅食，喂鸽子的人时不时地撒点小米，人们正在闲谈散步，连空气都带着点儿慵懒。就在这个时候，伴随一声巨响，一辆汽车不知道从什么地方冲了过来，然后爆炸了。

战火是什么样子（巴西姆 摄）

是自杀式汽车炸弹袭击。巨响过后，浓烟弥漫，现场留下的是烧焦的汽车残骸、暗红的血迹，和散落一地的遗物。这场爆炸造成至少 13 人死亡，70 多人受伤。

平常的这个时候，我们可能正穿过这座广场，到邻近的菜场买菜。我们在叙利亚的几个同事聊起来，纷纷庆幸当天没有去那个广场。

但即使是发生爆炸之后，在这里聚集的人群似乎从未减少，久而久之，就连鸽子也都不再对炮火声敏感。这就是战地里的日常生活，人们在爆炸的废墟上行走着，就像这里从未发生过爆炸一样。

大马士革一所学校里，小学生正在上课（巴西姆 摄）

大马士革街头的民众，路障上涂着叙利亚国旗图案（巴西姆 摄）

大马士革老城更是经常会面临爆炸威胁。一次，我们一行人在老城采访，结束后驱车返回，却在老城出口的地方被限行半个小时之久。后来才知道，在这段时间里，在这里把守的士兵发现恐怖分子设置的一个爆炸装置，刚刚拆除完毕——我们又一次逃过了这一劫。

战地是什么样子的？

从古老的街道到古朴的商铺，从往来翕忽的大街到经声绕梁的清真寺，战火在熙熙攘攘的人群中浅眠。恍惚中，你会以为你来到的是一个普通的异国小镇。在这里，人们找不到因爆炸或炮弹的威胁而闭门不出的理由。

战火是什么样子的？

在酣甜的睡梦中，在熟悉的街道上，在家园的废墟里，战火猝不及防，从天而降，惨烈的力量撕开人的躯体，剥开人的皮肉，露出伤痕累累的一具具骸骨。骸骨之下，一滩滩血迹染遍了大地，复又升腾在浑浊的日光中。

然而失魂落魄久了，也就习惯了与战火为伴。战火，已经成为叙利亚人日常生活的一部分。人们不需要因为它而刻意准备什么，或者躲避什么。如果你问一个街头的叙利亚人：你们不会害怕吗？他或许会摇摇头，露出疑惑的表情：害怕就不上班了吗？害怕就不去挣钱了吗？

因为生活要过下去，因为已经被战火折磨了太久，所以人们越来越变得安之若素。假如这个时候，我穿上一身防弹衣出现在民众面前，不仅会引来士兵和警察的关照，更刺痛了人们的内心，更不用说要进行采访了。为了一个小概率事件而穿上一件扎眼而怪异的防弹衣，平添人们心中的恐惧与绝望，我们谁都没有想过这样做，也没有权利这样做。

正因我们不想旁观，所以我们选择像普通叙利亚人那样生活、那样工作。

在我的概念里，记者就是应该去现场，去一线，坚守阵地。所谓战地记者，或许只是他所处的环境和其他国家或地区的记者相比有所不同罢了。我一直觉得，战地记者只是新闻记者中的一类，并不想赋予它任何区别于其他记者的特殊性。去了战场，做了战地记者，一样要去一线，采访到尽可能多的素材，一样要赶赴突发事件现场，拍到第一手照片，一样要写稿到深夜，检查完最后一个标点。

近几年的传媒圈里，流行着“温度”两个字。有人说，新闻的“温度”，是新闻传播者的人文高度。

怎么定义“温度”暂且不表，单从战地报道的出发点来说，我所认为的有“温度”的新闻，应该是远不止于日常消息的报道、不止于不断上升的死亡数字的。因为在战地待的时间越长，死亡、生命对记者的刺激就会变得越来越微弱，这种情况下，如果稿件里没有自己的思考，没有自己的价值表达，那么这种报道大抵会是冷冰冰的，甚至是冷漠的。

对于叙利亚，我绝不想以这种冷漠待它。这个国家有着太过美好的山河与人民，有着太过完美的历史与土地。然而在中东大变革中，覆巢之下无完卵，战火彻底地改变了这一切。

对于叙利亚，如果稿件里没有体现战火中的人们心头的酸甜苦辣，没有传达人们在乱世之中的希望与绝望，势必浅薄无力、缺乏厚重感。

大马士革古城

因此，我在每次写稿的时候，都会想到两句话：先感动自己，才能感动读者；先灼烧自己，才能照亮人物。

从大马士革街头清洁街道的工人，到路旁咖啡馆里打扫房间的服务生……正是像这样的“小人物”给了我取之不尽的、最真实的素材源泉，给了我一座充满立体感、形象丰满的叙利亚人的丰碑。

遇见他们每一个人，都是我的小幸运。他们每一个人，我都想用最真诚的感情去触碰。

正是他们与我的交流和互动，让我握紧了这个战乱时代的脉搏——在血泪的洗礼中，坚强的、跳动着的脉搏。没有这个脉搏，没有这种绝望中还留有希望的精神，写什么文章都会是单薄而生硬的。

在结束任期之后，每每看到在叙利亚期间记录的素材、拍摄的照片，还会禁不住饱含热泪。就是在这种情绪的喷发下，我尝试着捕捉每一个普通人身上不普通的爆发点：伴着炮火跳舞的儿童、吃着野草度日的难民、含着泪水上战场的记者同行……

就是这样的背景、这样的环境、这样的脉搏，熔铸出一个个平凡却令人神往的人物和故事。我一直坚信，他们的故事，会让读者产生对生命与人性、对战争与和平的思考。

或许“战地”两个字赋予记者的最大不同，便是我们报道的是战争的残酷，传递的却是爱与和平的信念吧。

爱是恒久忍耐，爱是永不止息。

时间是磨人的小妖精

经常被问及在叙利亚工作是不是很艰辛。

如果用一句话来回答，那就是：宝宝心里苦，但宝宝不说。然后再配上一个“笑中带泪”的表情图。

要说起战地独处的苦处，说上一整天都说不完。叙利亚就像是被全世界抛弃的破玩具，像是与世隔绝的异次元空间。这里的每一天在和平时代的人眼里无疑是惊惧而危险的，而这里发生的每一件事在和平国度人们的眼里就像是另一个世界里的故事。在首都大马士革，你可能会在街头被武装分子绑架后撕票，或者会在街上走的时候被突如其来的迫击炮弹击中。然而战区的民众更加不幸，他们一大早出门，或许只是为了抢到路边更新鲜的野草，他们整日躲在地窖里，只是为了躲避武装分子的肆意屠杀。

然而他们仍然坚强地忍受命运带来的这一切折磨。

这忍耐力是惊人的，它来自于在死亡边缘、黄泉入口日复一日的残酷修行。

身在他们之中，便不忍以和平时代的眼光来衡量这一切。在车水马龙的街道，在岁月斑驳的老城，一面是检查站，一面是人群熙攘，一面是防爆墙，一面是甘之如饴。这反差似乎让人在一瞬之间忘记了自己是在一个战乱国家，然而远处的硝烟和不远处的爆炸却马上把你拉回现实。

正如一位叙利亚友人跟我说的那样：“即使人们害怕，即使不知道哪天出去就会‘中奖’，但工作仍然要做，每天早晨也还要顶着炮火出门。”

人们常说时间是最伟大的，一切都会被它消磨殆尽。包括在战火中的恐慌仿佛也是如此。我在叙利亚待的日子一长，已经学会应对接踵而来的突发事件，日常工作也渐渐按部就班，消磨的时间久了，也就习以为常了。

所以，这里应该一切都好。只是偶尔在闲下来的时候，称称自己减了十多斤的体重，发现脸上多了一点皱纹的痕迹，回想起不知道去哪儿了的时光，忍不住空叹一句：叙国负我春三月。

咬咬牙，事情就过去了

在叙利亚，恶劣的战乱环境固然令人头疼，不知道厄运什么时候就会降临在自己身上是一种销魂的恐慌，然而更让我们焦头烂额的是叙利亚极端恶劣的采访条件。

首先，大多数情况下，外出采访必须经过当局审批。这年头，谁都在忙着刷存在感，叙利亚政府的公务员也不例外。虽然我们已经申领了政府发放的记者证，但每一次外出采访，分社还是必须向新闻部提交申请，写明采访事由、人员、时间和地点。在获得新闻部同意之后，才能拿着审批单外出采访。

而一旦有外国媒体擅自带着采访设备外出，没有向有关部门报备，那么轻则被沿街的安全人员盘问，重则被请到新闻部、安全部喝茶，如果你采访的是敏感机构和人员，甚至有被驱逐出境的风险。在我们来之前，就听说有一位驻叙利亚的其他媒体同行，因为自以为和新闻部交情不错，想搞个大新闻，自行外出拍摄，结果落了个被驱逐出境的结果。

其次，叙利亚的生活条件也让人十分头疼。首先就是停电问题。因为连年战乱和西方制裁，叙利亚国内能源出现严重短缺，包括首都在内的很多地区不得不拉闸限电。就像人道主义救援组织“国际救援委员会”主席、英国前外交大臣戴维·米利班德说的那样，叙利亚进入了黑暗时期，不管是从字面上讲还是拿它打比方。

和危机爆发前相比，如今叙利亚夜里至少有 83% 的地区可谓“漆黑一片”，而就在政府权力中心大马士革，停电也是家常便饭。应急灯和煤油灯成了大马士革市民居家必备之良品，发电机也变成了许多商铺的“门神”。

每当我在黄昏时分外出散步的时候，夜幕降临，日影西斜，本来接着下一句就该是“华灯初上”，但大马士革的街巷里却仍是一片晦暗，直到天已经黑得看不清店铺招牌上的字时，各家商铺才纷纷打开发电机，四周顿时热闹起来，整个街区像是变成了一个巨大的建筑工地。此时正值昏礼[①]的祷告时分，发电机的轰鸣声与昏礼时的唱经声“安拉胡——阿克巴——”混在一起，听了让人有种说不出的感觉，仿佛是走进了一个另类的音乐会场，共鸣的音量敲击着人的内心，但是你若要问内心的感受是什么，却说不上到底是受到了洗礼，还是走进了地狱。

通讯不畅也让人十分抓狂。大马士革和北京的时差为 6 小时，如果有什么工作上的事情要向总社汇报，就必须起一个大早，给总社编辑部打电话沟通。但现实往往是这样：因为动荡之后，叙利亚通讯质量奇差，给国内打一个国际长途经常是

---

①昏礼：亦称沙目，穆斯林一天中五拜中的第四拜，礼拜的适当时间是从日落（即太阳消失在地平线）之后，直至西方天边的红霞全消为止。

打十次有九次不通，另外那一次打是打通了，但就是听不到对方说话。据说像我们这样在叙利亚常驻的外国人，也是叙利亚安全部门的重点监视监听对象，这无疑又给通话质量大大地打了折。

你能想象一下打一个紧急的电话打一百次都打不通的情景吗？这种看似荒诞的剧情真的会时不时在这里上演。而折腾半天以后，北京这个时候已经到了下班的点，半个小时甚至一个小时的时间就这么白耗过去了。因此，没有经历过的人是很难想象得到的：每次打国际长途终于打通了，而且能畅快说上话的时候，那一瞬间就像是地下工作者接上了头，心里觉得比中了彩票还高兴。

考虑到叙利亚条件艰苦，总社给大马士革分社配备了一套便携式的海事卫星设备，用来在紧急情况下对外通讯、传输稿件。海事卫星只有笔记本电脑大小，不论在任何地方，只要把海事卫星天线板的一面对准天空，它就会自动搜寻到对应的卫星，可以打电话、上网。但是鉴于海事卫星的通讯费用十分昂贵，所以只能用于应急通讯。

到了叙利亚不久，叙利亚全境的通讯网络就有过几次中断的情况，政府解释的原因是连接叙利亚通信网络的主要光缆被损坏。但也有人说，是由于政府出于战事考虑，在一定时间内切断网络，以阻止反对派进行网络通讯。到这个时候，是该海事卫星出场了，可到用的时候才发现，怎么连都连不上网。我们生怕由于技术原因而耽误发稿，无奈之下只能一面请总分社暂时代管分社报道，一面抓紧修复。

我们把海事卫星的情况上报之后，总社和总分社都给予了重视，总社甚至提出派遣一个技术小分队来分社解决问题，于是我们开始和总社的技术部门讨论维修或更换海事卫星的各种方案的可行性。结果就在我们远程讨论得热火朝天的时候，一个潜藏了很久的定时炸弹——化学武器已经进入被引爆的倒计时。

后来的结果是，网络通讯中断的概率变小了，叙利亚急转直下的危机却让我们忙得四脚朝天、无暇他顾。当时，我们都不敢想，万一在化学武器危机爆发的紧要关头，网络又断掉该怎么办。简直就好比上了战场以后发现没有佩枪一样。只是在那个时候，我们在报道以外的事情上，实在分不出更多的精力了。

就这样，我们一边忙着报道，一边就把不能用的海事卫星搁在角落里了。

在叙利亚，很多事情都不能按照常规办法去处理，能摊上这样的采访环境，也是没谁了。我们唯有相信一点：只要咬咬牙，这事儿就过去了。

难民们把我举了起来（巴西姆 摄）

难民把我举了起来

2014 年 3 月中旬，是叙利亚危机爆发三周年的节点，分社早早就策划好在这个节点实施“叙利亚危机三周年”的系列报道，准备大干一番，来探讨三年危机的根源。

2014 年 3 月 18 日，作为叙利亚危机三周年报道的一个部分，我和雇员来到总统巴沙尔·阿萨德数天前曾视察过的一个“样板”难民营采访。

难民营位于大马士革郊区，沿路走来，到处都是被炸掉一半的建筑和倒在一边的电线杆。然而到了难民营以后，我们被眼前的景象惊呆了：和难民营外的废墟荒原相比，这里简直像是另一个国家的一个营地一样，堪称“五星级”难民营。

我们在大马士革市区也采访过很多难民营，那里大多是几家人挤在一个房间里，床褥铺在地上，旁边一个大床单包裹着一家人的衣服，这就是那里难民的全部家当。然而在这个难民营里，不仅有充足的食物、一排排的宿舍，甚至还有诊所、药房、24 小时热水、1 到 6 年级的小学校、游泳池和其他设施，说它是样板工程毫不为过。

我们了解到，这个难民营曾是一个军队的预备训练营，在 2014 年 1 月 1 日正式改建成难民营。这里接受了各色各样的人们，有因为先天性疾病而被家人抛弃的儿童，有因为遭到恐怖分子屠杀而全家罹难的幸存者，有因为与家人在战火中失散而无法谋生的青年……每一个人都有自己难以言说的故事，每一张面孔背后都是动荡带来的无法磨灭的伤痛。

就在我跟一群难民聊他们的故事的时候，不知是谁喊了出来：谢谢中国对叙利亚的支持！没有中国的支持，我们的国家肯定早就被美国和西方侵略了。

他们指的是中国在联合国安理会上和俄罗斯一起几次共同否决涉叙决议草案的事情。中俄两国在 2011 年 10 月、2012 年 2 月、2012 年 7 月三次对涉叙决议草案投出反对票，阻止了西方对叙利亚进一步的单方面制裁，以及采取军事手段强推政权更迭的企图。

此言一出，人们纷纷赞同，然后开始高喊："让我们向中国表达我们的感谢！"

"谢谢中国！"

大家边拍手边喊着。

一个名叫贾拉勒的人这时兴奋地跟我说："我要把你举起来！"

然后没等我反应过来，他就在人群中举起了我。二三十个难民在我旁边拍着手，走在难民营里，一起喊着口号："中国万岁！真主保佑中国！"

我坐在他肩膀上，虽然我一直说：可以了，够了，但是这

孩子们把他们在难民营学校上学的课本拿给我看（巴西姆 摄）

里人们的热情却丝毫不减，让我感觉这是在举行一场游行，他们真挚而欢快的表情让我心里非常快慰，更被他们对中国的感激之情而感动不已。

路上回想起来，他们现在已经失去了工作，甚至失去了家人，但是对一个陌生的中国人，却激发了他们的热情和欢呼。

我想，这就是一种爱国之情的共鸣吧。他们对深陷战火的祖国受到西方的摆布而愤怒，也对祖国和平的未来留有信心。而此时的我，也深深地因为我是一名中国人而无比自豪。

我或许再也无法和他们第二次相见，但是他们的苦、他们的笑、他们的真挚、他们的热情和他们对中国的感激与热爱，将会随着这片土地镌刻在我的心里。

而我在他们心中，是一个令人无比骄傲而自豪的名字：中国人。

我站在大马士革城北的卡松山上放眼望去，在大多是黄白色和土黄色的低矮建筑中，艰难地寻觅着。

就是这里！

略带激动地给同行的雇员一指：中国使馆，一栋三层建筑前的庭院里，竖着一面五星红旗。

一道亮色。

我曾多次在这面五星红旗下做出镜报道，报道使馆的重要活动，报道局势的进展，发出中国的声音。

哪怕战局日趋激烈，恐怖爆炸袭击、绑架暗杀和迫击炮袭击事件不断，哪怕距最近的化学武器袭击地点不到 10 公里，最近的迫击炮袭击不到百米开外，然而五星红旗依旧迎风招展，我又怎能退缩。

和难民们在一起（巴西姆 摄）

番外篇③

自是人生长恨水长东

今天并没有什么特别的地方。昨晚写稿子写到凌晨 4 点，今天正好是主麻日，给自己偷了个懒，中午 12 点多才起，还看了一部下载了好久都没看的电影《遗落战境》。明天刘阳同学要回国休假了，羡慕之余心里觉得有点空落落的。一不小心，自己把自己的手掐破了，掐下一小块肉来，有些疼，今天不能洗衣服了。

当看到《遗落战境》里，杰克和茱莉亚一起畅想一生生活的虚幻计划时，瞬时间脑海里闪出一个人，想一起实践这种虚幻计划的那个人，但是情节一转之后念头转瞬即逝，再也无法想起。

或者，本就没有那样的人，也本就没有那样的机会。

林花谢了春红，在秋天渐渐萧瑟的时节里如此地不合时宜。

然而我已好久没有读自己想读的书，虽然在别人看来，可能是会被冠以“装酷”的一些东西。但此之蜜糖，彼之砒霜，谁又能明白。

总是在偷闲的时候，却越觉得时光的可怕。或者忙碌才是残酷而噬人的，它让人上瘾，如同停不下来的多米诺骨牌。

对于忙碌的人生，习惯之余又有些畏惧。今晚又看了一篇友人写的悼亡文章后，猛然想起了《相见欢·林花谢了春红》这阙词。

自己又何尝不像是阶下囚，只不过有形与无形之别罢了。

这牢笼又有几人能看透？用不了多久，周遭的一切变成曾几何时，再变成无人问津。生而为人，似乎永远无法找到能够秉持一生的感情与信念。在这个担心房子、车子、票子的浮世中，方向成了最难明了的事情。

我曾想过随世逐波，也仍然有些痴心世外青灯。也许总是没有选择的那条路，没有看过的那种风景，在心里才是最完美的。

执着又如何？还要一日一日地认真过着眼下的生活。

转眼即是云烟，割不下怕痛，怀揣着又太无用。

自是人生长恨水长东。

说起“自是人生长恨水长东”，似乎比“恰似一江春水向东流”更具韵味。也许只是暗语比明言更不着痕迹。

但或者旁人更加无法读懂。

或者不懂，才更加快慰人生。

自是人生长恨，恨水长东。

（写于2013年10月5日，化学武器危机刚刚结束不久。）

厌倦
与
天真

新一千零一夜

或许在极远极远的过去，
他们有过无与伦比的幸福，
然而所有的欢愉已是回不去的曾经，
都已随着烽火的呼啸埋葬在千疮百孔的城池里，
埋葬在不断上升的死亡数字里。

WEARINESS
AND
INNOCENCE

身后的硝烟（焦翔 摄）

或许在极远极远的过去，他们有过无与伦比的幸福，然而所有的欢愉已是回不去的曾经，都已随着烽火的呼啸埋葬在千疮百孔的城池里，埋葬在不断上升的死亡数字里。

“死亡，已经成了最好的结局”

在大马士革城的东北方向，有一座卡松山。

传说中有一天，伊斯兰教先知穆罕默德来到大马士革郊外，登上这座山，俯瞰大马士革的全景，顿时被城市绚丽多彩的景色所感动。但观赏一会儿后没有进城，而是转身往回走。随从者惊讶不已，忙问其原由。穆罕默德解释道："人生只能进天堂一次。大马士革是人间天堂，如果我现在进了这个天堂，身后怎能再进天上的天堂呢？"

而今，我站在传说中穆罕默德曾站过的地方，俯瞰着硝烟弥漫的大马士革，追忆着在硝烟中一路坚守的点点滴滴。

在现实生活中第一次见到蘑菇云般的硝烟，是在来叙利亚以后的事情——

一声闷响。

一股黑色、灰色、青色或黄色的烟。

仿佛不经意地、从大马士革的某个街区窜入空中。

不过几秒，浓烟就可弥漫一片城区的天空，就像恶作剧的孩子往精心描摹的纤云碧空图上泼去劣质的墨汁。然而不过几个小时，这浓烟就要消失在空气中。伴着这硝烟一同逝去的，还有刚刚还活在这个世界上的生命。

渐渐地，没有人会再去铭记它的存在。

爆炸声响起，人们大多只是往爆炸的地方看上一眼，愣一愣神，然后再继续回到自己手头的事情上。

纤云四卷，清风吹空。

好像这一切都没有发生过。

然而这一切又确确实实发生了。

对于这里的每一个人来说，遭遇的每一次爆炸与交火，都是拿生命做注的一次赌博，而每一个新的早晨，都是劫后余生的第一天。

这里人们的心里流淌着太沉太满的苦涩，寻常人岁月静好的恬淡已是他们梦中的奢想。

在大马士革街头，经营着一家修车铺的朱哈说：“曾经的一切都离我们远去。”

战争爆发前，朱哈在大马士革东部的朱巴尔区拥有一家汽修店，衣食无忧。但是战火烧到朱巴尔之后，他的家园变成了废墟。

“我以前的家，是一栋两层小楼，有六个房间。逃出来以后听人说，我们家的楼顶在一次空袭中炸没了。你知道，那时动不动就空袭。”

死里逃生后，身无分文的朱哈在大马士革街边用一辆报废汽车支起了一个“修车铺”，勉强维持生计。

后来，听说大马士革城区和朱巴尔之间的路要被封堵，他就让他的老婆和孩子一起逃出来。

“他们什么也没有带。结果他们逃出来第二周就封路了。”

“但是我的父母被困在了朱巴尔。听说我的兄弟们也死在那儿了。他们宁愿死在家乡也不愿意逃出来。”

“死亡已经成了最好的结局。我也想过一了百了，但现在，死亡还没到来。”

“老天怜悯我们，现在日子凑合着过吧。”

朱哈平静地诉说着战火和死亡，就像讨论着天气一样。

在国破家亡的危难和朝不保夕的绝望之间，这里的人们艰难地跋涉着。他们和朱哈一样，无数次想到过死亡，想到过逃离这一切。

或许在极远极远的过去，他们有过无与伦比的幸福，然而所有的欢愉已是回不去的曾经，都已随着烽火的呼啸埋葬在千疮百孔的城池里，埋葬在不断上升的死亡数字里。

他们背着死亡与巨痛艰难前行，路上不断有人脱队、倒下……这宿命像是鲜红的烙铁，烙印在他们的心口上，不为人知的鲜血滴在血液里，伴着这难以吞咽的硝烟来回翻滚。

在乱世板荡的每一天里，战火像野火一样蔓延，绵绵烧到远得望不到边的尽头。在目之所穷的远方，是否就是战火烧不到的地方？

每次在去往前线的路上，我都会摇下车窗，呼啸的狂风就像燃烧的火球，向一栋栋破败不堪的建筑上砸去，卷起一阵灰

一次自杀式爆炸袭击现场（巴西姆 摄）

朱哈（左）和他的“修车铺”（杨臻 摄）

尘，漫入空中，不知归途。

硝烟照常升起，而生命就和这灰尘一样被硝烟裹挟着。

在首都大马士革的郊区，检查站里的士兵查询着来往人员的身份。随着战事压力增大，政府不断征兵，越来越多的人想方设法逃避着兵役，他们认为偷渡到欧洲，便是摆脱这地狱的唯一希望。

在叙利亚和黎巴嫩的边境，前往黎巴嫩的叙利亚人几乎挤破了海关大楼的门。在这里把守的黎巴嫩士兵们再也不把叙利亚人当人看。被粗暴推搡甚至抽打的人们失去了起码的尊严，而这些人却把前往黎巴嫩视为他们的新生。

在每一个炮火震天的前线，被炮火毁掉家园的难民不得不四处寻找着合适的避难所，他们已经学会不去抱怨，因为他们的许多邻里街坊都已殒命家乡。

每一个人都有乱世中的坚守与执着，而每一个人也在无奈中割舍与放弃。

硝烟照常升起，在无数个劫后余生的日子里。

一天，一声巨响炸裂在城区的半空，我连忙拿起相机跑出去看，硝烟已四处弥漫。在我拍到的一张照片中，几只小鸟胡乱地在漫漶的烟雾中扑棱着翅膀，找不着庇身的家。

大马士革城区里一处因爆炸袭击引发的浓烟

然而后来，我们就再也没有了萨阿迪的消息。

与其当炮灰，不如逃离祖国

2014 年 3 月 15 日。

这一天，对沙迪·萨阿迪来说是个大日子，并不是因为这天是叙利亚危机三周年纪念日，而是因为这天是政府军规定他必须应征入伍的日子。

萨阿迪在 2 月底的时候收到了军方下发的最后通牒，要求他在 3 月 15 日到军队报道，开始服为期一年半的兵役。

在战火肆虐的时代，服兵役或许就意味着无休无止的征战，或者猝不及防的死亡。

在收到这份最后通牒之前，萨阿迪已经在加紧准备一份申诉延期服兵役的材料，里面包括家庭中唯一男性劳动力等证明。萨阿迪的一个哥哥和姐姐已经分别逃难到伊拉克和黎巴嫩，家里就剩 25 岁的他和年迈的父母，这个条件实际上是符合延期服兵役政策的。

但是萨阿迪也不敢保证，军方是否能够批准他的申诉。他准备塞一点钱给军方，“这就是现在叙利亚官方的办事潜规则，在有的地方，即使你准备的材料无懈可击，但你不给塞点钱的话，可能人家就是不批你”。

叙利亚战争打响之后，国家开始大规模征召青年服役。我曾经在战场上碰到好多士兵，一问才知道，很多人是之前已经退役的，他们又在征召之下重新抛家舍业，复役参战。

据萨阿迪说，现在如果是普通人家的孩子去当兵，很可能就会派去最危险的战地当炮灰，“像是代尔祖尔①，都是九死一生的地方”。除此之外，由于战争已经拖了很长时间，政府军和反对派武装基于战事考虑，在对方阵营中都安插了间谍，以方便进行策反和情报搜集活动。如果一不小心被分到这些人的部队里，那自己随时可能成为敌方炮火下的炮灰。

但他对自己能否顺利延期服役也没有太大把握。“万一最后军方没有批准的话，我也只能应征入伍了。”

而萨阿迪的一些朋友为了躲避征召，选择了以政治避难的身份逃往国外，但是这也预示着，如果巴沙尔政府不倒台的话，他们这一生都无法回到国内了，“会在你入境的时候被安全部门逮捕，你会面临高额罚金和权利的剥夺”。

他说，他害怕的不仅仅是在战场前线随时可能面临的死亡，更加害怕光阴就在炮火中虚度。“虽然说入伍期限是一年半，但是这场仗要是打不完，我也根本不可能按时退伍，要是

---

①代尔祖尔：叙利亚东部省份，属极端组织“伊斯兰国”和一些反对派武装的势力范围。

这场仗再打上四年、五年……我即使能活下来，也都已经三十岁了，我最好的时光都被荒废掉了。”

“与其去送死，不如去国外找份出路。”在这种情况下，萨阿迪给自己制定的另一套方案，就是准备去欧洲留学，逃离祖国叙利亚。

萨阿迪也属于学小语种出身的。在 22 岁那年，他从大马士革大学西班牙语系毕业。本来准备留校任教的他先在系里当上了助教，但是马上危机爆发，招生数量减少，而学校也不再增加新的教师名额，于是从 2011 年开始，拿不到名额的萨阿迪就只好在系里义务助教。业余时间里，他也弹一点阿拉伯传统乐器乌德琴，但是以叙利亚现在的就业情况，他根本没办法凭弹乌德琴赚到钱。

这一晃就是三年。

“我现在已经过不下去了，我不想再问家里要钱了。三年的时间里，我想尽办法去找份好工作养活自己，但是到现在身无分文不说，还要被迫去服兵役。”

萨阿迪最理想的目标是，申请去西班牙勤工俭学，毕业以后在当地找一份工作。“当个阿拉伯语教师，或者教教乌德琴。”

但现实是，叙利亚有太多人申请到欧洲留学，从申请签证到成功留学还有很长一段路要走。一方面，绝大多数国家已经关闭驻叙利亚的使馆，因此萨阿迪必须去黎巴嫩贝鲁特办理签证，往返既费钱又麻烦；另一方面，如果在西班牙找不上兼职赚钱职位的活，那么高昂的学费也是萨阿迪的家庭负担不起的。

但萨阿迪首先要担心的，还是西班牙的签证。他说，之所以有朋友选择了政治避难，就是因为这种方法可以很容易地拿到签证，但代价就是，如果现政权没有垮台，他就再也回不了叙利亚了。萨阿迪觉得，他不能用这种方法，因为他相信叙利亚政府肯定会挺过危机，“这事毫无疑问”。

然而后来，我们就再也没有了萨阿迪的消息。

战争改变的，不仅仅是一个人、一家人、一国人的命运，还有他们的心理与价值观。

卖身或等死？

晚上八点，大马士革市中心的玛尔杰广场。

稀疏的路灯拉长了广场上人们的身影。伴随着远处的炮火，那黑黑的身影有点像行走在地狱边上的幽灵。

“你想要放松放松吗？”

一个声音在耳边响起。就是那种在国内问你“大哥，要碟吗”的声音。

如果你回答是的话，这人就会七拐八绕地把你带到一个秘密的地方，开始找人为你提供特别服务，做一次的服务费少则两三千叙利亚镑，多则一万。

据一位大马士革市民跟我说，叙利亚的特别服务是从危机开始之后才兴盛起来，由于大量民众失业，甚至无家可归，人们纷纷开始想法子谋生，而这个行当来钱又快又多，自然成为一部分人趋之若鹜的选择。听当地人说，大马士革至少有三四百名妇女在从事这项服务，当然也有一些男士，他们干的是拉皮条的活儿。

战争改变的，不仅仅是一个人、一家人、一国人的命运，还有他们的心理与价值观。一些性工作者不以为耻，反而以她们的职业为傲，因为在失业率急遽飙升的叙利亚，有些一般行当的工作者也许辛辛苦苦一个月都赚不到三五千叙利亚镑，而她们中做得好的动辄日入过万，在乱世之中已经称得上是“土豪”。

有更多的人，他们的境遇更惨。很多人在叙利亚动荡之后丢了工作，失去了亲人，甚至没有了住所，他们中有的人逃难到邻国，有的人偷渡到欧洲，剩下的人找不到工作只能四处流浪，运气好的能在难民营找到栖身之所，运气不好的只能露宿街头公园。

而在动荡中还能有份工作的人，更是过着几乎全年无休的生活。比如在穆斯林的重要节日宰牲节，这个节日对穆斯林的重要性相当于中国的春节，叙利亚官方规定国家工作人员放假一周。但是年过五旬的麦什阿特·多拉对我说，虽然政府规定连休一周，但是属于服务业的他则是一天都休息不了。“公司里还有很多等待经理传唤的处于半停工状态的员工，谁都不敢怠慢，更没人提休假的事情。等着开工的人都排着队，你一休就别想再开工了。”

然而像多拉这样的人只是少数，更多的年轻人为了养家糊口，要扛上两到三份工作的重担。在一家物业公司工作的鲁德万·奥姆兰对我说，他一周里有四天要到物业公司干活干上一整天，剩下三天则要去一个汽修厂帮忙。

另一位清洁工哈勒顿的愿望只是希望公司不要把他辞退，因为现在能力强、学历高但没工作的人实在是太多了，“每个人都要拿出一百二十分的力气来干活”。

失业率暴涨、治安日益恶化，钱包越来越瘪……生活已经如此艰难，有些事情是不是就不要拆穿？

当你自己几岁大的孩子被迫辍学，帮着家里跑腿干活的时候，当你在为找不到工作而发愁，连入住难民营都成了奢侈的时候，似乎摆在你面前的，除了绝望，已经没有别的感受。

卖身或等死？这是一个问题。

战区里的孩子

处刑和斩首：战乱时期的“游戏”

在叙利亚有一群孩子，因为战火把家园烧成废墟，他们没有学校可以上，没有游乐场可以游玩，甚至没有安全的环境能够让他们顺利长大。

这是一群战区里的孩子。

随着叙利亚战火愈烧愈烈，他们开始喜欢上这样一个游戏：当一位街坊邻居走在回家的路上时，一群孩子冷不丁地冲上前去，叫一声：“站住！接受检查！”随后向这人索要身份证，像模像样地查看一番之后，再将其放行。

阿布·胡萨姆是一位家住大马士革郊区的四十多岁的工程师。他说，现在这个游戏在很多地方都很流行。每一群儿童中，会有一个人负责布置游戏所用的布景——检查站。在阿布·胡萨姆家附近，13 岁的小孩萨米尔就是这个“影棚”的负责人。他负责搭建一个检查站布景，所用的道具也十分简单：一些石块、一条绳子、几个纸箱。用石块和绳索做成路障，然后用两排纸箱隔出一条接受检查的“专用通道”，再随机找几个路人甲作为检查站的群众演员，游戏就可以开始了。

这个游戏的起源也和叙利亚的战争脱不了干系。叙利亚危机爆发以后，由于安全局势日趋混乱，极端组织人员会混迹在人群中实施爆炸、绑架、暗杀等，所以在大马士革的重要街道和场所，军警都会用路障把道路隔开，然后在出入口设立临时检查站，来往车辆和行人都必须接受检查，以防可疑人物混入。

危机爆发以后，安检对民众生活的影响是深刻而复杂的。往往看到军警的身影，人们多少会有一些安全感，但同时又不得不排队等待他们的盘查，有时候为了排查汽车炸弹，军警还会检查每辆汽车的后备箱和底盘；在有检查站的地方，人们知道局势应该是相对安全的，但同时也无可奈何地意识到，就是战争把一条条宽敞的道路切割得支离破碎，把整个城市笼罩在紧张的空气中。

可能觉得特别，或者觉得好玩，孩子们就把每天看到的检查站的故事编成了游戏，反正他们有用不完的精力，正好做游戏打发时间。直到有路过的大人被激怒，试着把这群孩子赶走的时候，游戏才宣告中断。然而此时这群孩子就会大喊：空袭了！空袭了！空袭了！然后趴在地上。嬉闹一通后，聚在一起重新开始游戏，直到筋疲力尽。

在孩子们爱玩的游戏里，还有一种更让人担忧，就是处刑和斩首。

一位家庭主妇乌姆·阿玛尔说，这个游戏更加简单，却更加可怕：一共两个孩子就可以玩这个游戏。一个人蒙着黑面，手拿道具，然后念一段电视新闻里经常出现的极端组织武装分子处死人质前说的话，另一个人屈辱地跪在地上。然后第一个人做出斩首的动作，当然手里的道具只是一把尺子。伴随着跪着的人倒在地上，扮演刽子手的孩子随后高呼“真主至大[①]”。

到目前为止，游戏仍然有模有样。然而背景音乐响起，伴随着阿拉伯音乐的独特旋律，被“处死”的孩子“复活”，另有几个孩子加入，大家开始随着音乐跳起踏歌舞，游戏在欢笑声中结束。

乌姆·阿玛尔说，这就是这场危机带给孩子的后果。她现在不能要求更多，只希望下一代能够健康快乐地成长，她不想让他们的回忆里，全是和战争有关的记忆。

---

①“真主至大”或“安拉至大”（阿拉伯语：الله أكبر，（Allah Akbar），中文音译一般为“安拉胡阿克巴”），是伊斯兰教的一句重要的短语。颂扬短语“真主至大”的行为被称为“太克比尔”（阿拉伯语：تكبير，（Takbīr））。此句本意为颂扬真主，但“伊斯兰国”恐怖分子在斩首人质后亦引用该句。

我们宁愿相信，艾兰只是脸朝下，蜷伏在岸边睡着了。

一张震惊世界的图片：爱琴海畔的小艾兰

谁也想象不到，逃难的日子过得有多么艰难。

在叙利亚小难民艾兰沉睡于爱琴海畔之前，他们一家已经有过两次失败的逃难经历。据艾兰的父亲阿卜杜拉·库尔迪回忆，早在2014年的时候，他们一家人就开始了艰难的逃难征程。他们先从陆路逃到土耳其，随后两度向“蛇头”付款，但都没能成功前往希腊的科斯岛。

第一次，他们被在海域巡航的海岸警卫队扣住，无奈返回叙利亚。

第二次，他们委托的“蛇头”食言，前往欧洲的“生命之船”没有出现。

第三次，他们选择自力更生。他们和其他一些叙利亚难民一起合伙弄来一艘小船，打算强渡到希腊，不料小船严重超载，沉船悲剧发生。艾兰和他的小哥哥、他的妈妈不幸溺亡；只有

40 岁的父亲库尔迪在冰冷的爱琴海中存活了下来。

小艾兰被发现，一张图让整个世界为之唏嘘。

而我们宁愿相信，艾兰只是脸朝下，蜷伏在岸边睡着了。

他的睡眠时间，却永远停在了三岁时的爱琴海岸。

欧洲，曾是小艾兰一家人的希望。小艾兰的父亲库尔迪曾带着一家人奋力地向着这片希望大陆跋涉着，可到了最后，冰冷的海水却还是将艾兰的遗体冲回到他不久前满怀憧憬出发的地方。

有人看到照片，先想起了分裂的欧罗巴，质疑起欧洲领导人是否为如潮的难民承担了道义上的责任？但他们可还曾想到，在艾兰的家园，在镜头拍不到的角落，每分每秒有多少悲剧在上演？炮火之下，有多少生命以更加凄惨百倍的情状消逝？

我永远记得，2013 年冬天，西亚北非地区遭遇百年不遇的暴风雪，在黎巴嫩边境的难民营里，呼啸的狂风裹挟着绝望向人们扑来，而人们正抱着一个叙利亚婴儿的遗体哀嚎痛哭。当这个婴儿被发现的时候，身体已经冻僵，然而两臂却仍然保持着向半空中伸出的姿势，好像在期待着妈妈温暖的怀抱。

然而人们知道，这怀抱永不会来。

当战火来临，生活中最稀松平常的一切都恐怕要以生命交换——在大马士革，多少孩子在垃圾堆中睡觉？在条件更加恶劣的战区，又有多少儿童病困交加、贫饿而死？

在叙利亚，已经有半数人口沦为难民，不断上升的死亡数字像翻着白沫的海水一样冰冷无情。而正是在这满目疮痍的国度里，以美国为首的“反恐联盟”对叙利亚的空袭已进行了很长时间，那些在空袭之下丧生的难民，却连出现在西方媒体上的机会都没有。从这方面来讲，艾兰似乎像是一个人道主义的标签，被西方媒体广为炒作，似乎这样它们就可以继续无视那些无声无息离去的“艾兰们”，而不用提醒西方大众，究竟这场战争背后、这场地缘政治博弈背后，有多少无辜的生命默默地代替战乱和纷争的始作俑者付出惨痛的代价。

交火的炮声近了，又远了，衣衫褴褛的孩子哭着找妈妈。

美军的轰炸机来了，又走了，废墟之下叠着废墟。

就在我们谈论生命的时刻，有多少生命在战火中湮灭？又有多少孩童在轰炸后淌着血寻找食物？

在秃鹫注视下的苏丹女孩、眼中带着惊恐的阿富汗少女、越战期间赤裸身子在马路上奔跑的女孩……历史的悲剧一次又一次地定格，而炮火与硝烟却从未停息。

如今，战争与冲突所带来的外溢效应已经席卷中东与欧洲，创口越撕越大。从土耳其到约旦，从希腊到意大利，每一个口岸都埋葬着无数令人心痛的故事；在超载的难民船上，在刺鼻的催泪瓦斯中，来自西亚北非的难民上演着无数的辛酸别离。而更可怕的却是，当战争的进展已不再是新闻，带来战争的人们和生活在战争中的人们已经对此变得麻木。

地中海畔，潮来潮去又几回，硝烟却不知。

沧海桑田须臾改，最需要拯救的，是人心。

厌倦
与
天真

报道化学武器危机是怎样的体验？

一次次的生死一搏，
无数种的辛酸磨难，
在此刻，打磨成一个心愿的形状：
我的身体匍匐着穿过炮火，穿过废墟，
只愿人们读到此刻的真相。

WEARINESS
AND
INNOCENCE

当美国在谈开火的时候

2013 年 8 月，盛夏的大马士革。此时我在叙利亚常驻已有半年，自己也已经慢慢熟悉了这里的节奏。在一场扑朔迷离的化学武器危机爆发的前夕，我的记事本上记着这些待办事项：

紧急：

1. 到复兴报社见伊玛德，商讨与《复兴报》续约

2. 催促军方战地前线采访证事

3. 解决取美元事，联系边境银行，如不能解决问题联系总分社请示取钱事

4. 询总分社王老师关于华为公司续约事

5. 向大使馆通报近期与叙官员交流情况

6. 做记者出镜并传总社

……

这是记事本上 8 月 11 日这天的待办事宜，当天一共有紧急事项 6 项，计划事项 6 项，其他待办事项 9 项。可能很多人无法想到，在叙利亚这样一个战乱国家做常驻记者，排在最

前面的竟然是看似与战地报道并不相关的事情。

没错，这就是战地记者的日常。在跟踪局势进展、采写动态消息、完成各项约稿任务之外，每天一睁眼，除了当天的报道任务，脑子里蹦出来的就是一连串关于分社营销、财务、后勤、对外交往一系列的待办事项，就像一只无形的手，推着我往前走。有时候，走得不稳，狼狈地脚下一个趔趄，还得装着没事一样继续向前。因为这些事情处理不好，整个分社或许都要瘫痪。

比如，从 2013 年的夏天开始，叙利亚官方开始限制境内的美元流通。有一次，我们到银行支取总社汇到分社账户上的日常经费时，被突然告知，这些美元都只能以官价兑换为叙利亚镑后支取。要知道，当时叙利亚镑的官价和黑市价相差巨大，这是其次，关键是叙利亚是战争国家，很多花销只能用硬通货美元结算。叙利亚政府突然出台这个规定，几乎等于切断了分社的财政来源。

这样下去分社就要关门大吉。我们马上开始寻求替换方案，一方面联系叙利亚中央银行，打听可否为在叙利亚常驻的中国媒体行个方便，一方面申请在叙利亚的邻国设立支取点，从其他分社支取款项。

让我们没想到的是，由于叙利亚国家机构运转乏力、财务手续繁琐，我们和叙利亚中央银行几次沟通之后，还是被中央银行一拖再拖。一看叙利亚这边靠不住，我们不得不与总社计财局和邻国分社反复沟通，选定方案。

就在这个时候，麻烦接踵而来：分社的美元经费短期内无法到账，我们的经济状况也跟叙利亚经济一样亮起了红灯。雇员的工资到了该发的时候，几个雇员委婉地约我到住处旁边的咖啡馆喝咖啡；我们租住的住所也到了续费的时候，房东几次三番地通过各种途径暗示……差一点，我就要用自己账上仅存的工资来贴补了。

而就在这个时候，我们担心的事情终于发生了：化学武器危机爆发，美国的军事打击一触即发，我们还必须抓紧时间实施报道和制定安全预案，储备物资，联系租车，转移设备……到处都需要钱，而我们却几乎要陷入弹尽粮绝的地步。

好在千钧一发之际，天无绝人之路，想尽各种办法之后，分社终于在邻国取到了钱。

随着叙利亚的太阳一天天东升西沉，上面列出的待办事项被我一件件地狠狠划掉，叙利亚危机的轨迹也在一日日地艰难向前行进。

回望过去，2013 年 8 月 21 日，注定是叙利亚历史上一个特殊的日子。有的时候回头来想，如果命运的指针稍微偏离些许，会是什么结果？

可能叙利亚不再是叙利亚，中东不再是中东，我也不再是现在的我。

叙利亚起风了，而这或许仅仅是狂风骤雨的预兆。

要说叙利亚，不得不说这件事

若干年后，硝烟不再，炮火不再，叙利亚战争终将成为过去。然而人们若谈起这段战火纷飞的历史，必不会忘记它与一件事之间千丝万缕的关系：化学武器。

化学武器素有“无声杀手”之称，被认为是“穷国的原子弹”。它是通过爆炸的方式（比如炸弹、炮弹或导弹）释放有毒化学品或者化学制剂达到战胜敌人的目的。与常规武器相比，化学武器有毒性作用强、中毒途径多、持续时间长、杀伤范围广的特点。叙利亚当局在 2012 年首次公开承认拥有化学武器。自那时开始，在叙利亚危机的火药库里，化学武器就成了一颗随时可能引爆的定时炸弹。

而叙利亚战争中的化学武器战，要从 2013 年 3 月的坎阿萨化学武器事件开始。

2013 年 3 月 19 日，叙利亚官方媒体报道说，反对派武装人员在叙利亚北部阿勒颇省的坎阿萨地区使用了含有化学物质的火箭弹，造成包括11名政府军士兵在内的25人死亡。叙利亚反对派武装则否认使用化学武器，并指责政府军在交火中使用了含有化学物质的火箭弹。

这一事件为此后生出的无尽波澜埋下了深深的伏笔。自此开始，叙利亚政府军和反对派开始互相指责对方使用了化学武器，而围绕叙利亚展开博弈的各国势力也借机炒作，以图在叙利亚问题上获取更大利益，在地缘政治的版图上获取更多势力范围。

2013年的8月21日，一幕化学武器的大剧终于在喧嚣中进入高潮。

我清楚地记得，在21日清晨的时候，我被头顶的轰鸣声吵醒。这应该是政府军的战机又在大马士革郊区的什么地方对反对派武装进行袭击，并不算什么稀奇事。

然而几个小时之后，当我打开电视、浏览新闻的时候，中东各大媒体的新闻头条让我感到，这次事情或许有些不一样。叙利亚反对派当天召开记者会，宣称叙政府军从当天凌晨起使用含有沙林毒气①的火箭弹，对大马士革郊区的姑塔东区和姑塔西区进行袭击。

我想到了美国曾为叙利亚量身打造的“红线”。

---

①沙林毒气：可以麻痹人的中枢神经，是一种神经性毒剂。人体在吸入55～100毫克·分钟/立方米的沙林后（或皮肤接触1.7克），在1～15分钟之内便会死亡，死前会出现抽搐、口吐白沫和视力模糊等症状。

一年前，2012 年 8 月 20 日，在白宫举行的一场临时记者会上，当时正在全力以赴争取连任的奥巴马，第一次态度强硬地对叙利亚政府划出了“红线”——叙政府在冲突中使用化学武器，或不能确保化学武器安全均属越过“红线”行为。如果叙利亚越过了“红线”，美国就会采取行动。

历史总是有如此的巧合。

一年后，2013 年的 8 月 21 日，化学武器这个火药桶被彻底引爆了。

一些西方媒体把使用化学武器的罪名指向政府军，报道称反对派伤亡惨重，甚至连累到无辜平民。叙境外主要反对派“叙利亚反对派和革命力量全国联盟”开始成为媒体焦点，该组织 22 日发表的声明指出，该组织已记录了 1360 名死者的名字，另有数百名伤者，伤亡者中还包括大量妇女和儿童。另有阿拉伯媒体报道的数字更加耸人听闻，称死者人数达 1800 人之多。

阿拉比亚电视台和半岛电视台在滚动播放着这样一段画面：一间狭小的房间里，一些看上去三四岁大的孩子口吐白沫，不省人事，一旁的医护人员一边施救，一边哀嚎。另一间房间里，陈放着数十个裹尸袋。口吐白沫是遭受沙林毒气袭击的典型症状，按照这段视频提供的信息来看，这些人可能都是在 21 日的化学武器袭击中被波及的平民。

虽然叙利亚漫天白云还是无忧无虑地定格在天空中，被路障隔开的街道还是一如既往地人来车往，但所有的新闻都迫不及待地撕裂了这表面的宁静：叙利亚起风了，而这或许仅仅是狂风骤雨的预兆。

暂且不管这件事情的来龙去脉究竟如何，总之一句话，无风不起浪，不管是有人在背后推波助澜，或者是叙利亚政府真的使用了化学武器，这无疑是将叙利亚局势推向恶化深渊的一张多米诺骨牌。

我们必须全面预判可能出现的所有情况。最迫在眉睫的问题是：如果21日真的发生了化学武器袭击，那么现场离我们的驻地只有区区几公里，而此时我们能够武装的，只有过了有效期的防护口罩。

我立即把这一危急情况向上级做了汇报，领导要求我们必须马上购买足够的防护化学物质的装备，以应对可能发生的任何不测。

包括叙利亚当地雇员在内，我们一共需要配备8套防护装备，然而由于中东局势动荡的原因，购买途径却非常麻烦。在询问了几个邻国分社后，我们发现只有这唯一一套方案可用：第一步，需要我们在以色列耶路撒冷分社的同事从当地购入这些装备；第二步，由加沙分社的同事穿过隔离墙，跑到以色列领取；第三步，由加沙分社的同事送到约旦安曼分社那里；第四步，再由叙利亚这边派人去取。

一件防化装备的购买却像西天取经一样的艰难。从阿以争端到中东动荡，这里长期混乱无序的局势对人民生活的影响可见一斑。这种影响是无法用语言述说、无法用度量衡丈量的，那是深入到肌理中的隐痛，是隐没在晴空中的阴翳，不经意一阵风起，刮开了伤疤，顷刻间隐痛和阴翳随之而来，提醒着人们这里的一切都与“乱世”有关。

世事如此，无一例外。

我们把方案上报到中东总分社后，总分社立即批复同意，地区同事大费周章为我们采购、运送保命用的防护装备。

然而当这些装备真正拿到手的时候，已经是一个多月以后的事情了。那个时候，这场危机已经变成另一幅图景。而在化学武器危机最紧张的那些日子里，我们在炮火中所依赖的，就是储藏室角落里蒙着灰尘的、过期了的防护口罩。

我们把这些口罩拿了出来，手上沾了厚厚一层土。外面的装备进不来，里面的日子却像是被这过期口罩捂着似的近乎窒息的煎熬。

战火那么烈，隔着战火就像隔了一个世界。

撤离：左手天堂右手地狱

就在化学武器防护装备还没有盼来的时候，我们首先要抓紧完成的，是迅速制定和实施化武危机爆发后的报道预案和安全预案。

没有可以参照的任何东西，时间上还必须争分夺秒。花了一个中午的时间，我制定出了《关于报送〈大马士革分社下一阶段安全和报道预案（草案）〉的请示》。

在报道预案方面，我们针对美国可能对叙利亚进行轰炸、叙反对派借机进行反攻等各种情况制定了详尽的报道方案。在安全预案方面，为了保障分社人员和财产安全，我们按照对当时局势的判断，拟定了在发生突发事件情况下的撤离方案。

当时，使馆方面的建议是，由当时住得近的新华社、人民日报、中央电视台三家媒体内派人员共七人组成临时应急小组。如果使馆接到撤离情报，就立刻召集上述人员赴使馆集合，准备从陆路撤离大马士革，前往黎巴嫩首都贝鲁特。如果从大马士革到贝鲁特的国际公路的安全性届时无法保证，全体人员就先在使馆的地下室躲避，然后再根据局势进展判断是否撤出大马士革。

最后，新华社总社和中东总分社参照使馆建议给出的指示是：新华社三名内派记者中，两人留守，一人撤离。一来是因为在第一波撤离计划中，使馆人员只撤出了一半，还有一半没有撤出，我们可以参照使馆的做法撤出一半，留下的两人可以和使馆有个照应；二来如果届时美国真的开始轰炸大马士革，报道上势必任务艰巨，有内派记者在第一现场，就能多报回一手信息，这也是新华社记者的职责所在。

按照中东总分社的指示，由我和分社的张迺杰老师留守，另一位记者刘阳随使馆的半数人员撤至黎巴嫩。我和张老师抓紧把各项隐患都排查了一遍，清点了分社的资产，把自己的随身用品和工作设备放在一个应急箱子里，进行了几次逃生演习，以确保突发状况发生时，我们在第一时间撤到安全的地方，还能继续发稿。

接下来，最吃紧的日子到了。

支持巴沙尔总统的民众举行游行

坚守：今天又是幸运的一天

在美国威胁对叙利亚开战的日子里，在瞬息万变的局势里，我们在远程导弹的威胁下采访、坚守，我们严阵以待，我们向世界传递独家新闻。

叙利亚对开打的反应、美国和俄罗斯的表态、专家学者的观点、百姓对局势的看法……炮火声发了疯似的从早响到晚，我们的文字带着火药的味道飞向世界。没有硝烟的时候晴空依旧纤云四卷，然而空气却莫名地变得凝重。

直到现在，我都忘不了那个时候的感觉，紧张、焦虑、激动……

我的脑海里开始一遍又一遍地想象着，在二战的伦敦战场上，爱德华·默罗站在伦敦建筑物的楼顶，向听众播报着：“这里是伦敦！”耳边的风声伴着隆隆的飞机声和爆炸声，那是死神降临的地狱，那也是梦魂燃烧的战场。

伴着窗外的炮火，我打开分社的邮件。约稿信像雪片般砸向我，我却莫名地有点兴奋。直到现在，再也没有过那种酣畅淋漓的感觉：从国际部到参编部，从参考消息到先驱导报，从音视频部到新华网，从环球到新媒体中心，多的时候一天要发出一万多字的稿件，我却乐此不疲，像着了魔一般，每天累到趴下却仍然觉得十分满足。

我一直觉得，一场疯狂的恋爱似乎也不过如此。有朋友笑

化武危机一触即发，老百姓的生活却看似一如平常（巴西姆 摄）

一位民众走过大马士革老城，旁边是涂有叙利亚国旗的店铺门面

话我，可我却深深觉得那种忘我投入的感觉，与恋爱一般无二，不在其中是难以体会到的。

在岗哨遍布的街头，我们做着采访、出镜，街上闲逛的大叔对着我们痛骂美帝国主义，戴着墨镜的美女谨慎地躲避着我们的镜头……一切都好像和化武危机爆发前一样，一点都没有改变。

在叙利亚和黎巴嫩边境的海关，一辆辆满载着家当的汽车从早排到晚。在最多的一天，前往黎巴嫩的叙利亚人数达到16000 人，但有些人不愿透露自己是否听到了风声，而是笑称去休一个几天的短假。

而对于下一步局势将会变成什么样子，专家、学者、官员、民众众说纷纭，谁都说得好像言之凿凿，但其实谁也说不清楚。准备前往迪拜避难的萨玛赫·艾斯阿德就对我说：“叙利亚今后会怎么样，也许连巴沙尔都不知道，我们只能走着瞧，但在此之前，我必须去迪拜找工作了。”

所有这些讯息，我都在第一时间传达出去。而对于人们最关心的美国对叙利亚的军事打击，中东总分社一直提醒我说，希望能够联系到政府和军方人士，发展几个可靠的线人，可以在美国对叙利亚实施军事打击的第一时间透露消息，让新华社实现首发。

我们一边动用各种关系，抓紧联系线人，另一边神经也高度紧绷。当时，每天平均休息四五个小时，一是为完成工作，二是担心哪一天夜里爆出突发事件自己却错过。有时候晚上写完稿子已经到了后半夜，可还是不太敢睡，起来再看一遍新闻，出去看一眼周围的环境，才回到卧室倒在床上。

当时那段时间里，虽然睡得不够，但诡异的是，并没有感觉到很困。每天早晨被电话吵醒，或是在朦胧中醒来，看到阳光还在一如既往地照射进来，打开电视，看到里面仍在播报巴沙尔的活动，脑子里蹦出一句话：今天又是幸运的一天啊！

一次次的生死一搏，无数种的辛酸磨难，在此刻，打磨成一个心愿的形状：我的身体匍匐着穿过炮火，穿过废墟，只愿人们读到此刻的真相。

我闻到了死亡

在当时，每天都马不停蹄，但仍然有一点让我十分在意。

几乎所有的媒体都只能援引各方表态和反对派提供的那一段视频，没有现场素材和一手的资料。

作为一个记者，我必须诚实地质问自己：化学武器危机的真相是这样吗？如果不是，那么真相在哪里？

于是，除了跟踪最新的局势进展、实施预案以外，另一方

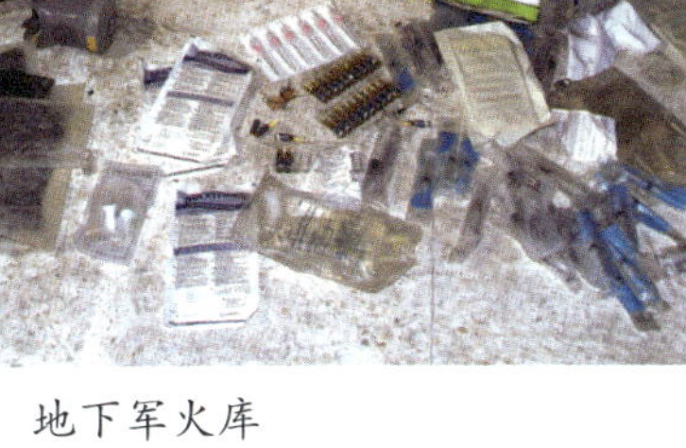

地下军火库

在化学武器现场出镜视频截图

面我也在积极寻找着现场采访的机会，探求化武袭击背后的真相。

就在 8 月 24 日，这个机会终于来了。

叙利亚官方媒体报道，政府军当天在大马士革朱巴尔区与反对派武装作战时，遭受到反对派化学武器袭击，数十名士兵受伤。机会来了。我立即前往军方，提出申请，进行交涉。在一番争取之后，我们分社获得批准，来到距这次袭击现场 200 米远的朱巴尔战场前线一探究竟。

在政府军空军配合地面部队的猛攻之下，朱巴尔区战场的反对派最终不敌，从据点撤走，我们跟着政府军战士来到前线。

当我们的车开到朱巴尔的军事据点入口处的时候，前面就没有路了。下车一看，眼前已经是一片废墟：到处都是快要倒下的建筑，横七竖八的电线杆，满地的泥泞裹着垃圾和子弹壳，还有尚未拆除的爆炸装置，一不小心踩上去了，可能就会发生爆炸。

我们换乘了装甲车，在装甲车蒸笼一样的车厢里一路颠簸之后，来到了刚刚经历恶战的现场，附近有一个反对派丢弃的地下军火库。

现场的士兵跟我们说，在这个军火库里可能藏有反对派的化学武器制剂，如果愿意，他们可以带我们下去。我们分社和一些媒体决定下去，到现场查看，也有一些媒体因为安全原因待在原地。

当我们往军火库走的时候，空气中弥漫着的强烈刺鼻的味道让人难以忍受。我开始心跳加速、呼吸不畅、头昏脑胀。我们只能一边抑制着剧烈的心跳，慢慢地接近一片漆黑的军火库。

到了军火库里以后，打开手电筒一看，里面堆着枪支弹药、防毒面具，还有一些油桶和器皿，里面是一些成分不明的化学

朱巴尔战场前线的士兵（巴西姆 摄）

制剂，外面的包装上贴着 MADE IN USA（美国制造）。

在场的士兵连番警告所有记者，现场非常危险，千万不要乱碰任何东西。而就在我们在现场拍摄的时候，一个媒体的记者突然一声大叫，跌跌撞撞地往外跑，好像碰到了什么一样。大家一看不好，所有人都调转头以最快的速度在黑暗中狂奔，跑出军火库。

在撤出军火库后，空气中的尸体腐臭味在阳光下不断发酵，还有血腥味和化学物品气味混在一起，吸一口气就感到下一口气几乎就要上不来，马上就要窒息倒地。所幸过了一会儿发现，这只是虚惊一场。因为如果真的发生化学武器泄漏的话，根本没有往出跑的时间，死亡不过一眨眼的功夫，哪还能动上

朱巴尔战场前线的装甲车和坦克（巴西姆 摄）

一步？

当时的一段出镜视频忠实地记录了不忍回顾的现场画面。这段出镜视频只有不到一分钟时长，在我们拍摄的时候却引起了政府军的强烈反对，在我执意坚持之后，政府军只好不再阻拦。

原因并非其他，是我们的据点附近，有一些废弃的建筑，当时在里面可能还藏着反对派的狙击手，随时会对我们所在的据点发动狙击。为了安全，谁都得贴着墙、弯着腰快速移动，何况我要在两旁建筑中央的空地上做出镜，而我的背后就是一片几米高的废墟掩体。对于狙击手来说，我就像是一个扎眼的靶子，站在空地中央一动不动。

在我们采访的时候，一位军官搀着一名受到化学武器袭击的士兵对我们说，这名士兵虽然经过紧急救治，但走路时仍然颤颤巍巍，神智也不十分清楚。他说，还有一些状况比较危险的士兵在当地的一家军事医院里接受治疗。

随后我在第一时间内迅速发回报道《闻得到的死亡》，记述了当天战场上反对派实施化武袭击的真相。当我从稿库里看到发出来的稿件的时候，我再次感到心跳加速、呼吸不畅，这一次不是因为化学武器，而是想去抑制住夺眶而出的眼泪——

不敢想象，当时如果真的有化学武器泄漏的话，我会不会一辈子都会神志不清；不敢想象，如果几百米外的建筑掩体中真的有反对派的狙击手，我会不会被一击即中；不敢想象，正在我们采访的时候，反对派反攻回来，我们无处可逃……

一次次的生死一搏，无数种的辛酸磨难，在此刻，打磨成一个心愿的形状：我的身体匍匐着穿过炮火，穿过废墟，只愿人们读到此刻的真相。

夜里睡下的时候，拉开床头一盏飘着昏暗橘黄色微光的台灯，觉得这个世界无论被如何破坏，终究在一个角落里还有这样的温暖相伴。

最坏的时刻已经过去

我们就这样在焦灼中等待着、奔波着、累并兴奋着。

直到9月14日，一场谈判引发惊人逆转，叙利亚避免了可能面临的一场浩劫。

14日，瑞士日内瓦，美国国务卿克里与俄罗斯外交部长拉夫罗夫以成功斡旋者的姿态站在了记者面前。

双方宣布，美俄两国就叙利亚化学武器问题达成协议，要求叙利亚政府最晚于2014年中期交出或销毁化武。这样一来，美俄这两个叙利亚危机中的最大玩家达成一致，化学武器危机的解决途径重新被拉回到政治轨道上来，山雨欲来的叙利亚化武危机，终于在千钧一发之际偃旗息鼓。

也许所有生活在叙利亚的人们都没办法忘记，那年的夏秋之交，是怎样一段百般煎熬的日子。

每天都有不同的消息传到人们的耳朵里，每天都有数以千计的叙利亚民众开着车，拉着大包小包前往黎巴嫩，每天都有无数的约稿电报和电话转到分社。

我们一边手忙脚乱地完成各项报道，一边又在心里纠结着无数的疑问：美国会不会真打？我们能不能抢到快讯？打了之后该怎么报道？撤出之后又该怎么报道？打完多久以后能回来？……

似乎我和美国总统奥巴马心里想的一样。我们要感谢“该出手时就出手”的俄罗斯总统普京。就在每个夜里都被几万字的约稿和头疼的问题反复纠缠的时候，俄罗斯出面解局，一场危机随即以“化武换和平”的方式化解，一切好像又回到常态，工作和生活又恢复到正轨，刘阳也返回了驻地。

早晨，伴着窗外的炮火声醒来，我无意识地看向屋顶。吊灯仿佛还是牢牢地挂在那里,只不过随着炮声有着些微的震动。

在床上躺着，打开手机，看一眼微信，又是来自各个编辑室的约稿信息，心里不禁想：今天又是崭新的交租子的一天啊！于是磨蹭几分钟后起床，打开电视和电脑，听着新闻，看着记事本上今天的待办事项，开始打电话收邮件回微信，联系外出采访。

一天采访下来，回来以后筋疲力尽，还要赶紧动手做饭，这时候突然想起：要不要先把今天的消息写好传给总社？过了四五点可能就只能传到纽约编辑部了吧？这样一想，手里做饭的活计拿起来也不是，放下来也不是，索性坐到电脑跟前，先把工作彻底解决好，回头再想做饭的事情。

到了晚上，忙了一天，好不容易有了空闲，就出去散会儿步，顺便策划下个选题。回来以后，正好赶上看阿拉比亚电视台和卡塔尔半岛电视台的晚间新闻，再追踪一下新闻热点，或者再赶一赶手头稿子的进度，再一忙就到了半夜。

到了半夜，无人打扰的时候最是放松。喜欢走到阳台上，欣赏大马士革的夜色。此时的大马士革，战火中的夜色既不像繁华都市一般灯红酒绿，也不像其他战区一样漆黑一片，而是零星点缀着光点与霓虹，和夜空中隐约的星光融合成一色，既不突兀，也不孤单，让人即使听着满城的炮火声，也不会因死亡的迫近和危险而沮丧。

夜里睡下的时候，拉开床头一盏飘着昏暗橘黄色微光的台灯，觉得这个世界无论被如何破坏，终究在一个角落里还有这样的温暖相伴。

在以战火为名的漫长岁月里，如此已是好眠。

恍惚中，竟然有种幸福的错觉。最坏的时刻已经过去。

厌倦
与
天真

只为更好地懂得生命

在叙利亚战火加速失控的每一天里，
这个国家的失业率也在不断攀升。
当你发现一份捡垃圾的工作人们都在抢着做的时候，
你就明白，他们并不为赚钱，只为能在这乱世中生存下去。

WEARINESS
AND
INNOCENCE

不卖火柴的小男孩

在叙利亚战火加速失控的每一天里，这个国家的失业率也在不断攀升。当你发现一份捡垃圾的工作人们都在抢着做的时候，你就明白，他们并不为赚钱，只为能在这乱世中生存下去。

危机开始前，多数家庭里的丈夫都有一份工作，所以妻子就在家操持家务，照顾子女。可是危机爆发以后，丈夫们纷纷失业，家庭主妇不得不开始寻找生存的途径，有的人兼职为餐厅做菜、送餐。在她们看来，这也许是当下最好的就业机会了。

而很多辍学的孩子也在街头巷尾卖起了大饼、玫瑰花、打火机或者纸巾。对于这个行当，一般是赚不到什么钱的，而且在炮火声中四处乱跑还会很有高的危险性。但是在孩子的眼里，每天饿着肚子的折磨似乎是一件比死亡更可怕的事情。所以，他们顾不得危险，径直穿梭在街道车流中，趁着堵车的时候，挨个儿敲着每一辆汽车的玻璃。不过，大多数司机都不会为他们把窗户打开，仅有少数司机会打开窗户抛给他们几个硬币。

几个硬币又怎么能够让他们果腹？等他们犹豫着伸出脏脏的手，想再讨点钱的时候，大多数时候会接到一句：“一包纸巾能值多少钱？”或者，车流已经在他们面前飞驰而去，扬起一路灰尘。

大马士革街头除了这些走街串巷的孩子外，绝不缺少的另一群人就是乞讨者。叙利亚的朋友都跟我说，行乞是在危机开始之后才逐渐多起来的。在危机开始之前，街上几乎看不到乞丐，因为叙利亚人大多自尊心很强，宁可艰难过活也不愿接受施舍，但是现在生活条件越来越恶劣，在饿死和乞讨之间，人们只好选择了后者。

在街上行乞的大多是抱着孩子的妇女。这些女士隐没在城区的街巷之中，她们的衣服虽然老旧，但是依旧整齐干净。她们不卑不亢地在街头望向川流不息的人群，不时伸出一双与其他落魄者不一样的、干净的手。有人会问：为什么她们不能靠自己的双手创造能够糊口的财富？然而没有人知道她们背后的故事。

有一群 10 岁左右的孩子，他们毫无顾忌地出现在来往行人周围，向人们讨要钱财。当他们发现你是一个外国人，更是会锲而不舍地追着你，用他们的脏手抓着你的衣服，或者挡在你的面前。一些小孩甚至结成了帮派，把乞讨当作任务。我曾看见过一个孩子在接过我手中的 50 叙利亚镑之后，转过一个街角就被一个类似孩子王的角色毫不留情地拿走，再赶他去别处“执行任务”。

一天晚上，我和人民日报社的焦翔在市中心阿布鲁马纳区闲逛散步，突然看到，一个服装店门面旁的橱窗底下躺着一个大约六七岁大的小男孩。多数叙利亚人长得很像欧洲人，小孩子就和洋娃娃一般，我见犹怜。可不知是困了还是什么原因，他把他的重要装备——一只破碗放在一旁，碗里还放着一些钱和硬币。小男孩蜷缩着身子，朝着面向大街的方向躺着。行人来来去去，但他从不说话，只是闭着眼睛默默流着泪，嘴角还有些微的抽搐。

我不想打扰他，只是弯身把 100 叙利亚镑放在他的碗里。但是焦翔却跟我说，100 镑面值太大，可能很快就会被别的乞丐抢走了。

第二天白天过去的时候，那里已经空无一人。

在被“伊斯兰国”绑架的日子里

“每一个普通家庭都有过被绑架或拘捕的经历。”

起初，我以为这是一句玩笑话：叙利亚千千万万个家庭，未必都会遭此厄运吧？然而我的猜测被发生在身边的事情一次又一次地证实了：2013 年初，大马士革分社的两名雇员被叙利亚反对派武装人员绑架；没过几个月，雇员哈桑邻居家的小女儿被极端组织绑架后下落不明；后来又有一次，我遇到了一位曾被“伊斯兰国”武装绑架达 4 个多月的餐厅老板努尔。

一开始听到努尔的故事，我除了震惊，说不出一句话来，然而他却苦笑着，淡然地诉说着发生在他身上的一切。

据努尔说，他是被朋友出卖的，或许是因为他开餐馆赚了点小钱，或许是朋友早已投靠“伊斯兰国”，负责为“伊斯兰国”搜罗钱财。这些，他到现在都不得而知。他只知道，如果出卖他的不是他身边的人，不清楚他的上下班时间和地点，“伊斯兰国”的武装分子是不可能那么轻易就绑架成功的。

在被绑架的那些日子里，他和其他一起被绑的人们定时被极端分子实施水刑和电刑。在被虐待的时候，极端分子都蒙着他们的眼睛，这样会让受刑的人更惶恐，而这些极端分子也就会更兴奋。

电击、溺水，然后昏迷、被囚，然后苏醒，再次上刑……整个过程周而复始，“伊斯兰国”的武装分子不仅想要的是赎金，也想要享受这种“捆绑游戏”的快感。而努尔所能做的，就是让他的父母知道自己还活着,想着有朝一日能和家人重聚。在神志不清、意识模糊的时候，在一起被囚禁的人让“伊斯兰国”武装分子折磨致死的时候，努尔一次次逼迫自己坚持下去。

故事的最后，或许是努尔的朋友良心发现，或许是努尔的家里支付了数额庞大的赎金，努尔最终被放出来，被扔到大马士革郊区的荒地上，遍体鳞伤的他一路跌跌撞撞，终于找回了家。

努尔说，这一段经历已经成为过去，现在的他只想重新开始新的人生。他说，这里留给他的是不快的回忆，他想换个环境。他一直憧憬着工商管理学硕士的学位，但是现在家里经济拮据，所以他计划申请瑞士一所学校的全额奖学金。

“也许等我留学回国，这里的一切都恢复了原来的样子。”

叙利亚军队坦克兵庆祝行动成功（焦翔 摄）

奇怪的是，打仗的时候，我感觉不到害怕，只有停下来，我才感到害怕。

“打仗的时候，我感觉不到害怕”

离开叙利亚回国后，我时常会在不经意间想起那里的人和事。叙利亚新闻电视台的美女记者雅拉就是其中之一。

2013 年 5 月，雅拉在叙利亚中部前线采访时，突遇政府军和极端组织的一场遭遇战，政府军士兵分身无暇，雅拉，还有同行的司机、摄像记者暴露在四面八方的枪林弹雨中，雅拉躲避不及，被极端组织武装人员射出的子弹击中受伤，随后不治身亡。

雅拉倒在血泊中，她 27 岁的生命就这样被旷野的狂风吞噬。

既然选择在战火中突围，那么与死神擦肩而过就无法避免。在前线采访，就像跳入一个尸体横陈的坑冢，能否生还只是概率问题。叙利亚的战地记者都有一个长长的遇难者名单，里面既有大批叙利亚本国记者，也有来自美国、英国、法国、日本和伊朗各个国家的记者。

看着名单里的名字，我回想起 2012 年 8 月份的一个故事。

2012 年的时候，我还在开罗分社工作。由于叙利亚局势急转直下，西方媒体纷纷传言称大马士革形势危急、巴沙尔即将倒台。为了做好叙利亚局势的报道，中东总分社开始连番派出增援报道小组到叙利亚增援分社工作，我加入了其中一批。我们一行三人在 7 月底来到了大马士革。

一个月的时间里，基本上不是外出采访，就是回屋写稿，很快就过去了。在这次报道中，除了第一次亲身经历叙利亚危机外，最大的收获就是了解了一个真正的战地。到了大马士革以后才发现，局势没有西方媒体描述的那么可怕，心里多少有些安慰。

采访过程中一直相安无事，直到听闻了一位日本记者死亡的消息。

2012 年 8 月 21 日一早，我收到一条噩耗：在叙利亚采访的一名日本战地记者遭遇不幸。日本外务省海外日本人安全课当天证实，日本女记者山本美香 8 月 20 日在叙利亚北部的阿勒颇省前线采访时中弹身亡。山本美香去世时仅 45 岁，隶属自由新闻记者团体“日本记者”，曾长期参加伊拉克、阿富汗等地区的战地报道。当天还有媒体称，一名土耳其女记者也在当地遇袭身亡。

在当时，阿勒颇的战局最为危险。媒体评价她说，她幸运地获得了自己想要的人生，只不过这一次是以生命的代价来交换。

我在触景生情之余不无担忧。对于每一位战地记者来说，传播真相的代价是如此之大，然而在真相面前，没有人轻言退缩。

自然，这个消息我没有跟父母说。或许比起我自己来，父母才是更加担心的，他们对叙利亚的实际情况不甚了解，仅凭电视里的画面和我们的报道来判断我的安危，自然每每看到不断恶化的局势和生灵涂炭的生存状况，总是免不了提心吊胆。

因此，我在每次去前线采访的时候，总是要想想怎么跟父母打好预防针。一方面，战场前线通讯不畅，经常会有彼此“失联”的状况出现；另一方面，我即使在去战场前告知他们，他们也只能在家里瞎操心，徒增烦忧，所以我总是推说在加班写稿子，搪塞过去。从战场回来之后，再兴冲冲地跟他们分享我在前线的经历。

好在到了最后，无论是在一个月的增援报道过程中，还是在后来常驻叙利亚的日子里，虽然危险常常与我不期而遇，大多时候总是有惊无险。后来，看到一句话，让我感觉真是说到了我的心坎里。那是电影《危机 13 小时：班加西的秘密士兵》里的一句台词："奇怪的是，打仗的时候，我感觉不到害怕，只有停下来，我才感到害怕。"

想起山本美香，想起雅拉，想起她们是不是也和我一样，因为内心中的害怕与不安，所以坚持不停地到前线采访，不停地写稿，不停地工作，就像抓住生命里最后一根稻草不放一样，一直坚持下去……

我曾和雅拉的同事莎茜黛一起聊天的时候谈起雅拉。莎茜黛一直控制着眼泪不叫流出来。她说，有前线采访机会的时候，雅拉和他们都抢着去战场。她们想尽自己的一份力量，向外界传达叙利亚的声音。

"既然是记者，哪有和平时期工作、战争时期就退缩的道理？"莎茜黛说，自己找不出什么退却的理由，哪怕雅拉和其他好几个同事在一夕之间与她永别，哪怕她说话的此刻仍有同事被极端组织绑架，生死未卜。

"我们只能好好地活在今天，因为过了今天，谁都不知道明天会是什么样子。"

莎茜黛说，每次在奔赴战场前，她都要跟父母深深吻别，因为她的内心把每一次再见都当作人生最后的告别……吻别之后，莎茜黛从母亲的怀抱中轻轻挣脱，转身义无反顾地迎向伴随炮火声轰鸣的烈日。

"我们没有理由退缩，如果我们失去了在今天活下去的勇气，也许我们就没法期盼明天的太阳了。”莎茜黛对我说，这与其叫作坚强，不如说这是与绝望搏击的本能。

说这话的时候，莎茜黛笑着，但是眼中饱含着泪。恍惚中炮火一响，似乎眼泪要震颤着夺眶而出，但下一刻浮现的，是饱经沧桑后更加笃定的微笑。

这微笑，似乎出现在每一个叙利亚人的脸上；这眼泪，滋润着每一朵傲如生命的沙姆玫瑰[①]：“我已经随时准备好做一个烈士。战争并非我们的选择，但是当它真正到来时，我们除了面对它、挑战它，没有别的方法。”

我想起了在大马士革郊区前线采访的时候，再次偶遇莎茜黛。彼时，叙利亚政府军刚刚攻克一个小镇，反对派留下的标语和旗帜到处都是，政府军还没来得及清除。她弱小的身躯站在小镇中心的广场上，高举着旁边士兵手里的一把枪，炮火声在她身后回响。

在枪林弹雨中，士兵们为了那些死去的、活着的人们战斗着，而我们则是为了那一份不能害怕的执着，为了这一种不能后退的信仰，就像暗夜里的生命之火一般，在我们的阵地上战斗着、燃烧着。

在枪林弹雨中，总还需要一点信仰，好让自己变得比战火更坚强。于我，于她，于我们。

---

①沙姆玫瑰：中东沙姆地区的特产，不仅具有观赏价值，更具有精油出油率高、有效成分含量高的特点。关于沙姆玫瑰的更多故事，请参见《乱世玫瑰》（《燃泪天堂》第三章）。

我们永远失去了哈桑

这是在我离开叙利亚不久后发生的故事。

在2014年的6月3日，叙利亚境内举行了2011年危机爆发以来的首次总统选举，这也是首次有多名候选人参加的叙利亚总统选举。

因为这次选举关注度比较高，牵涉到叙利亚局势的走向，中东总分社派来了一个报道小组，到叙利亚增援分社，共同完成总统选举报道任务。来自埃及的文字记者陈莹、摄影记者潘超越、视频记者孙鑫晶，以及埃及当地视频雇员艾哈迈德·哈桑就这样踏上了叙利亚的战地。

4日这天，结果毫无悬念地公布了：叙利亚人民议会议长拉哈姆4日晚间宣布，现任总统巴沙尔·阿萨德在3日举行的总统选举中胜出，成功连任。

由于结果几乎已是心照不宣，所以结束任务的报道小组打算第二天返回开罗。4日下午，报道小组成员来到分社，跟坚守叙利亚的同事们惜别，约定开罗再见。不知谁提议，拍下了一张全家福。

却不知，这张全家福是哈桑留给这个世间的最后影像。

当天晚上，议长宣布巴沙尔成功连任，大家拍好了现场的素材，乘车返回驻地。回来的路上，看到许多人上街鸣枪庆祝，哈桑就想再拍一点庆祝的画面备用，于是下车采访拍摄。

结果，每一个战地记者所担心的小概率事件就在这个时候发生了：不知道从哪儿来的流弹射来，正在外面采访的哈桑躲避不及，被流弹击中。

送到医院后，哈桑的状况已经非常糟糕。经过拍摄 CT，发现有一颗子弹嵌在了哈桑头颅的一侧。6 月 20 日，中弹 16 天之后，哈桑因医治无效，在大马士革去世。

分社在整理哈桑遗物时，发现他出差时还随身带着结婚

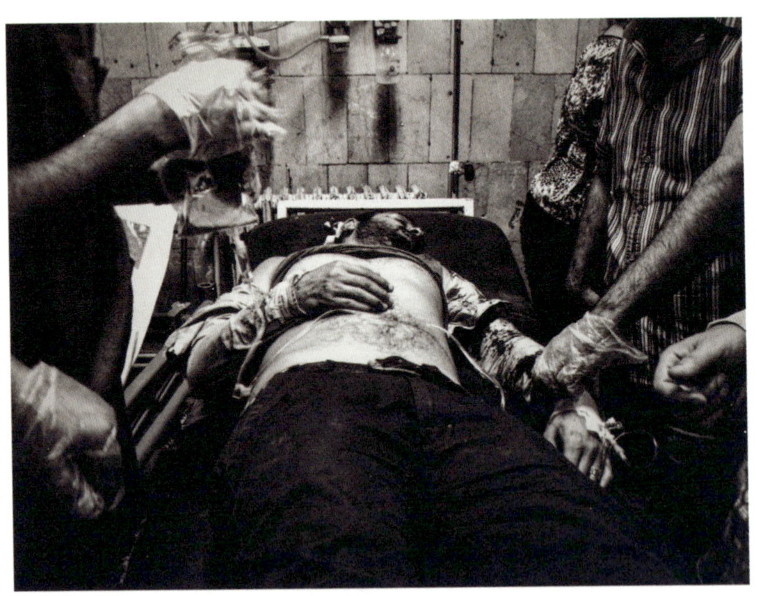

哈桑在医院接受急救（潘超越 摄）

证。可能他每天都要打开，看看里面新婚妻子的那张小照片。

走过利比亚，走过苏丹，走过突尼斯，哈桑在战火中默默穿行，从一个大男孩走成了一个战地记者。当他走完叙利亚的这最后一程，留下的是与刀锋火焰对抗的真实，哪怕最终被岁月遗忘，我们始终相信，这些真实的画面从未泛黄。

想起了我的同事才扬为纪念哈桑写下的一段话：

战争让一个远在千里之外的我的朋友走了。我也是刚从战地回到繁华的北京工作，我庆幸自己能完整健康地回到祖国。每每看到新闻里死亡的数字都忍不住泪流满面，我知道那些数字背后都是一个个鲜活的生命，一张张曾经微笑的脸，一个个曾经团圆的家庭，无论战争以何种原因以及何种目的开始，它的代价总是亲人离别时的悲痛，我衷心地希望人们珍惜现在的美好生活，现世安稳，平安喜乐。

惟愿哈桑的魂灵已经张开无垢的羽翼，飞跃在茫茫地中海上空闪烁繁星的苍穹中，默默注视着我们。

雅布鲁德镇前线，我正在录出镜，拍摄者为蒙瑟夫（巴西姆 摄）

番外篇④

历史终将忘记

听到哈桑被流弹击中的消息时，我正在家里和父母谈论着叙利亚驻外的故事。

母亲不禁一阵唏嘘，跟我反复说着：怎么会发生这样的事情！幸亏你已经回来了……以后再也不要去了！

哈桑是一名视频报道员。在前线记者当中，视频记者跟文字记者一样，不仅需要在现场采访，采访回去之后的后期加工才是真正成稿的关键阶段。如果现场采访的素材不够，后期做片子、写稿子的时候就会觉得“难为无米之炊”，所以在采访的时候，往往就需要采上较多的素材，后期编辑的时候才能有所取舍，做出更好的成片。

我在中东常驻的时候，很多雇员都给我留下很深的印象。就拿叙利亚当地的视频雇员蒙瑟夫来说，他是基督徒，虽然人有点滑头，爱耍些小聪明，可出去采访的时候却极端敬业，即使是在战区前线，总会冒着炮弹打来的危险，尽可能多地拍一些前线的素材。

我劝他：“蒙瑟夫，素材够了，不需要再拍了。”

他一边拍一边跟我说：“就再拍一点点，一点点就好。”

然后就过了五分钟。

我急了，命令他：“蒙瑟夫！别拍了！上车！”

他每次都满口答应，然后再拍上一两分钟。

这让自诩“用生命在写稿”的我都有点自愧不如。

平时出去采访，他总是找各种角度采集素材，到处拍来拍去，各种机位变换，生怕有被自己落下的拍摄角度和内容，有时连同行的摄影记者都觉得他拍得太多了。

然而，现在回头来看，这个优点有时也埋藏着让人忧心的隐患。根据路透社资深战地记者的总结，在战地或危险地区采访时，应遵守10分钟原则，即当进入突发或危险现场后，不管采到的素材、拍到的画面是否足够完美，10分钟后必须撤离。不要心存侥幸，盼着再等一分钟，可能会采到更好素材，这种想法不可取。有一些著名的战地记者，就是因为没有遵守10分钟原则，悲剧就在那多出来的一分钟里发生了。

因为，在瞬息万变的战地现场或突发事件现场，延误一分钟，可能生命就会受到致命威胁。比如说在汽车炸弹爆炸袭击现场，有些袭击者会等群众聚集围观之后发动二次袭击，我们在叙利亚时就发生过这样的情况。因此袭击现场和战地前线的危险性都是相当高的，不管采没采到足够满意的素材，都要迅速撤出，等待时机，到安全有足够保障的时候再行进入。

而人们朝天鸣枪庆祝的现场更具潜在危险。子弹射到空中，不知会从什么角度落下来，一旦被击中，后果不堪设想。哈桑的惨剧就是这样发生的。

我回想起了自己的一次经历。

2014年3月16日，我前往大马士革北郊雅布鲁德镇前线报道。雅布鲁德是首都大马士革以北卡拉蒙山区反对派占据的最重要据点之一，被他们称作“革命之铠”，他们认为这一地区对政府军来说是不可能攻克的地区。但是经过政府军和反对派在这里几个月的激战，政府军16日宣布占领了雅布鲁德。

这天，我们随着军车来到这里，一路上炮火轰鸣，硝烟不断。在满目疮痍之中，我们开始采访拍摄。就在这个时候，几十个士兵突然冲天鸣枪，庆祝胜利，借此鼓舞政府军的士气。

密集的枪声在耳边此起彼伏，听上去就像是在打一场枪战。而当时的我正站在士兵旁边不到100米的地方录一段出镜词。时间紧迫，不容犹豫，我只能故作镇定地录完出镜，结果回头看这段出镜视频的时候，才发现自己的声音已经完全被枪声盖住。

以前听别人说过，即使朝天鸣枪，落下的子弹也有可能击中附近的目标，现在回想起来确实心有余悸。然而当时由于反对派狙击手仍在附近藏匿，火箭弹随时可能炸过来，出镜的时间非常有限，所以满脑子装着的都是那几句出镜词，根本无暇考虑更多。

其实，每次前往前线，都像是在执行一个不可能完成的任务：军方每次安排的前线采访时间紧迫，有的地方只给媒体十几分钟，只能一边小心观察周围环境，注意脚底的废墟中是否有类似爆炸装置的可疑物体，一边要迅速做出镜、采访、拍摄……

但这个任务却必须完成。从战火到余生，从狼烟到泪水，我在大马士革的每一片土地见过的、听到的、触摸到的故事仿佛都是短暂而绚烂的花火，点燃我的冲动与激情，让我在暗夜里不断燃烧。

我像写一封对方收不到的情书一样，写下枪林弹雨中的每一篇誓词：《寻找地狱以北的“香格里拉”》《寻找战火中的燃梦图腾》《战火燃烧的岁月》《如果战火也有乡愁——直击大马士革郊区战场》《如果战火也曾流离——探访大马士革郊区前线难民营》……

思绪飘忽之际，想起了丁玲在回忆萧红的时候写下的一段话，而今每每抚读，不觉唏嘘：

时代已经非复少年时代了，谁还有悠闲的心情在闷人的风雨中煮酒烹茶与琴诗为侣呢？或者是温习着一些细腻的情致，重读着那些曾经被迷醉过被感动过的小说，或者低徊冥思那些天涯的故人？流着一点温柔的泪，那些天真、那些纯洁、那些无疵的赤子之心，那些轻微的感伤，那些精神上的享受都飞逝了，早已飞逝得找不到影子了。

千山暮雪，万里层云，刻骨铭心不过一瞬。

历史终将忘记，而我们不能漠视光明与美好的消逝。

（写于 2014 年 6 月 21 日，闻知哈桑噩耗后不久）

厌倦
与
天真

即将离开的日子

走过难民营，走过老街市，

走过交火前线，走过化武袭击现场……不知不觉中，

在叙利亚的日子已经开始倒数。

回想起来，我在叙利亚这片土地上已经度过了快一年的时间。

WEARINESS
AND
INNOCENCE

“老干妈”，真是亲妈

走过难民营，走过老街市，走过交火前线，走过化武袭击现场……不知不觉中，在叙利亚的日子已经开始倒数。回想起来，我在叙利亚这片土地上已经度过了快一年的时间。

在叙利亚谈生活，应该是和正常意义上的生活很不一样。常驻的日子里，并不是只有战场冲突、爆炸袭击、局势动荡，还有琐碎的日常。

在面对生活的时候，我们也和千千万万叙利亚人一样，一起在这乱世中煎熬。且不说有恐怖袭击和迫击炮弹袭击这些生命威胁，单是吃饭这件头等大事就已着实令人头疼。

平常一日三餐自然都是自己解决。通常的做法是，在菜市场和超市囤上几天做饭需要的肉和菜，然后回屋里慢慢解决。遇到不太忙的时候，一般从上午 10 点半开始洗菜做饭，多做一点，可以留到晚上热一热吃。如果遇上昏天黑地赶稿子的日子，可能就没有时间好好做饭，或者随便炒个西红柿鸡蛋，下点意面，或者炸几个速冻鸡排，煮点米饭，伴着心爱的老干妈，快速解决战斗。

说起老干妈，这里有一段小插曲。

我在国内的时候，是绝不吃老干妈的，因为从小就不怎么吃辣，家里也很少买老干妈一类的调味酱。在从埃及转去叙利亚的前几天，大马士革分社的同事们托我从埃及的中国超市带点干粮过去，老干妈赫然列在单子上。从来没有体会过驻外同事口中赞不绝口的老干妈的我想都没想，一瓶也没给自己买。

直到到了叙利亚之后，有一次忙得饿昏了头，跑到同事那里蹭饭时尝了一勺，顿时深深折服，幸福感满满，差点喜极而泣。此后，每每遭遇“约稿像雪片般飞来”的酸爽经历，而自己连做菜的工夫都没有，才发现唯有一勺老干妈能告慰一颗疯狂写稿的心，胜过一千碗鸡汤：当肚子开始抗议正在疯狂赶稿中的我，而今天要上交的份额还没有补齐的时候，我的每一个细胞同时想起了三个字：老干妈。

一勺老干妈，炸两块鸡排，煮一碗米饭。

吃了这一碗，今夜还能继续战斗。

干了这一勺，明天又是一条好汉。

无怪乎有同事说，老干妈，真是亲妈！

泪奔！战地也有吮指原味鸡

我在叙利亚曾经写过一篇《灼烧的价签——叙利亚人无法承受的战火之重》，讲述了大马士革的餐厅有两大怪。

第一大怪是：菜单上的菜品不标价格，或者标价被反复涂抹修改；第二大怪是：几乎没有一家餐厅能提供菜单上的所有食品，大多数时候是点好之后被告知估清，再选一道依然如此，迫不得已只能问服务员：哪道菜是可以点的？

这一方面是由于叙利亚物价飞涨，叙利亚镑贬值，在我当时常驻的时候，吃一顿饭比危机爆发之前至少要贵三倍；另外一方面则是由于西方和一些阿拉伯国家对叙利亚实施制裁，商品进口受到封锁，导致原料和食材无法供应，菜品能在菜单上看到，却总是做不出来。

而对于更热衷于“垃圾食品”的我来说，2013 年还发生了一件非常重大的事情。

在刚到叙利亚的时候，肯德基的存在让我感觉到别样的温暖，也让我莫名地对叙利亚的未来多了一份信心。每个周末的时候，我总是要约上人民日报社的焦翔一起去肯德基抱一个全家桶回来，还要额外多买一点吮指原味鸡。遇到心情好的时候，还会一边看电影，一边吃原味鸡，如果有啤酒，简直就要幸福感爆棚了。

时间一转眼就到了 2013 年的 8 月份。当时，叙利亚化学武器危机爆发，美国借口化学武器袭击事件威胁攻打叙利亚。在那段风声鹤唳的日子里，我们一头埋在稿纸堆里，自顾不暇，而当我再次想起那家位于沙特使馆旁的大马士革市区唯一一家肯德基餐厅时，才发现它竟然关门了！

如遭雷劈。

我一边埋怨自己，作为一名记者，竟然没有提前知道它要关张的消息，不然绝对要搞一个新闻；另一方面暗暗为它的关张默哀了好久。要知道，对于在平时一日三餐都要自己摆弄的我来说，能在异域他乡偶尔吃上一顿顾之垂涎的肯德基是多么奢侈而甜美的事情。

其实，这儿的肯德基装修并不太上档次，里面的红色桌椅也显得老旧，卫生间周围更是飘着一股奇怪的味道，但是顾客却络绎不绝，偶尔还能碰到几张西方面孔。要知道绝大多数国家的驻叙使馆已经关门，在这里能见到的西方面孔要么是联合国工作人员，要么就是记者了。但它的味道确实有几分的似曾相识，虽然少了贴近中国口味的“爆款”，不过熟悉的那股油腻腻的香味和拌着白酱的蔬菜沙拉却是一点不含糊。

刚知道餐厅关门的时候，我还侥幸存了一丝“是不是停业装修”之类的希望，但是随着 KFC 大红招牌被拆、门前落叶满地，一颗纠结的心终于烧成死灰。

从那时起，直到离开叙利亚的几个月里，我还偶尔尝了几次当地的山寨肯德基，聊以填补正牌炸鸡的空缺，然而终归找不到那种熟悉、甚至有点像“家”的味道。后来我还四处打听，听说大马士革郊区的杜麦尔新区有家肯德基店，专门跑去一看，结果果然也已经关闭。

跟当地朋友闲聊起来，他们说关店可能是所谓的“政治原因”：要么是叙利亚政府为了显示其坚定反美的立场，所以不允许美国元素的“渗透”；要么这就是西方制裁叙利亚的一部分。因为，真的很难想象一家生意还算红火的西式快餐店会因为经营不善而歇业。

无论如何，在回国之前的那段日子里，肯德基只能是偶尔路过聊以凭吊的残破街景了。

我一直没想通自己为何对它念念不忘，后来看到一篇名为 The rise and fall of KFC China 的文章，结尾的那个词给了我答案：Nostalgia。

这也是另一种形式的乡愁吧。

和战火纷飞中对祖国、对家人的乡愁一起。

如此遥远，却挥之不去。

25 岁生日即景

自是林花谢了春红，流光易把人抛，无关现实与梦想的左冲右突。然而，我又确确实实以这样的本体，在这样的战火里喘息、存在。虽然不清楚明天会做怎样的梦，但转眼即是云烟，来不及片刻微醺的恍惚。

为了叙利亚，为了我的初恋

这一天和其他日子并没有什么不同。

依旧是雪片般的约稿电报，依旧是炮火声中的满城硝烟。

大马士革的天总是澄澈的蓝裹着硝烟的浓墨重彩，极不协调，却又在黄昏之时平添几分风萧萧兮易水寒的悲情，好像一个被遗忘的英雄正走向穷途末路。

一块儿驻叙利亚的同事前些天正好回国休假，只剩我一人独自体验战火中的生日。

我的日记中写着：

29日那晚又写稿忙到了后半夜，30日上午被电话吵醒后，雇员告知之前申请的一个采访行程终于批下来了，于是赶紧起床收拾，没来得及吃饭就出去采访。

一忙就忙到了傍晚。这个时候，我一口饭还没来得及吃。我想，25岁生日毕竟是个大事，即使是一个人，也得要好好过一番。我赶紧冲到路边小店买了一个现成的生日蛋糕，配上了中东地区常见的烟火蜡烛，然后回屋里匆匆做了口饭。做好之后，我把卧室里的小熊玩具请到客厅，点燃蜡烛，让小熊陪着我听窗外的炮火，陪着我看餐桌上的烟火，陪着我吃解决温饱的蛋糕。

没等好好品尝生日蛋糕的味道，拖着的稿子像是什么东西挠着我的心，心里等不及，又马不停蹄地开始了今天的夜班。

生日这天，自己给自己加班还不算，结果好不容易和稿子大战了三百回合，又是身心俱疲，倒头就想睡。

躺在床上，忍不住有点失落：这是我值得纪念的25岁生日，居然就这么过去了？

我在朋友圈里说：

这就是我在战火里的青春。

倏忽间驻叙已大半年。到了叙利亚之后，经常每一天 24 小时都被安排得满满当当。忙采访的时候，安心吃一顿饭都成了奢侈，有一勺老干妈、几块炸鸡、一小碗米饭，就是一顿正餐。

与此同时，局势瞬息万变，新闻如碎屑般纷繁，而在这个与世隔绝的片隅里，我所经历的一切就像是某一天的一股硝烟，逝去了，没人去追索它的讯息。似乎人们也从未在意硝烟会留下怎样的讯息——自是林花谢了春红，流光易把人抛，无关现实与梦想的左冲右突。

然而，我又确确实实以这样的本体，在这样的战火里喘息、存在。虽然不清楚明天会做怎样的梦，但转眼即是云烟，来不及片刻微醺的恍惚。

忍不住频叹：浮生如痴梦，割不下怕痛，怀揣着又太无用。于是即使充满挣扎与不安，我还是要以这样的我的本体，踏足这样一条路，不辨是劫或是缘。

无论错过怎样的遇见，便再也无从追索。无论梦过怎样的憧憬，我仍然希望自己记得来时的这条路，记得路上的每处闪烁光点。记得从前要泾渭分明，记得未来要坦然心宽。

有时候，真有种自己是在和叙利亚谈恋爱的感觉：除了吃

人民日报社记者焦翔在前线

饭睡觉,我几乎把全部心思都放在了叙利亚报道和分社管理上,全心全意地付出，却等不到对方的反应。

这感觉，与其说恋爱，莫不如说是在单恋和失恋模式之间来回切换。所谓“叙利亚虐我千百遍，我待叙利亚如初恋”，就是如此吧。

在我住处的墙上，挂着一排相框，上面是焦翔送我的 25 岁生日礼物——10 张他给我拍的工作照，记录了我在叙利亚的战火青春。每次看到这些照片，都真真切切地感受到，青春时光仿佛是和战火一样残酷的可怕存在，让无数的生灵被无形的洪流裹挟，然后在炮火的硝烟中无望地隐去。

青春还剩多少呢?

想要的生活呢？

记得谁，忘了谁，谁又为你见证一路走过？

如果生与死就在一瞬之间，我们最想做的事是什么？

如果遍地都是鲜血和尸体，我们还能去期待什么？

当人生走过死亡，以青春为名的盛宴是否已剩残羹？

我们的人生走到了什么地方，未来还有什么是更重要的？

我尝试着，以自己的方式写下这些问题的答案。

在炮火前线，在巷尾街头，在废墟之上，在硝烟之中，我记录下一个个生与死、笑与泪、血与火的故事。这些故事，让我不断去思考和平与战争意味着什么，去感受生与死在乱世之中的微不足道与震撼人心，也让我渐渐懂得，回国以后，怎样背着这段人生旅途中的背囊，继续一路前行。

时光流转，告别战火，离任回国。

光阴远了，硝烟远了，炮火远了。

回首流年，这将是我一生铭记的战火中的生日。

回迁的民众（巴西姆 摄）

远方易到，故乡却难回

叙利亚危机的时针还在走秒，第五年、第六年、第七年……谁也不知道这场危机去往何处。

在我即将离开叙利亚的时候，政府军在一些战区逐渐占据优势并控制了局势，这些地区的原住民们开始考虑从各自天南海北的避难所返回家乡。

与一批又一批难民涌向国外相伴的，是这一群难民的回迁。

穆阿达米亚镇是与首都大马士革相邻的大马士革农村省姑塔东区里的一个小镇，战事曾在这里持续了一年多。2013年年底，政府军宣布从反对派武装分子手中夺回这一地区。之后，陆续听说了先前逃离小镇的居民开始回迁的消息。官方消息说，已经有几千民众回迁到了这座小镇。

于是，我们在这里战局稍微平静的时候，穿过一道道封锁线，来到穆阿达米亚镇探访。

小镇的入口不太好找，是一条大马路路边的小岔道，再往里开就是土路了。在这条岔道口，有一个四周垒着沙袋的军事检察站，一辆坦克的炮筒正对着我们。不知道里面有没有士兵在随时瞄准目标,外面倒是有几个士兵在有一搭没一搭地聊天。

检查站的旁边是一个歪着脑袋的路标，上面用阿拉伯语和英语写着：穆阿达米亚。

跟驻守的士兵讲明来意后，士兵很痛快地放我们进去了。

这是一座曾经被废墟包裹的城市，如今推土机和起重机的声音还在这里回响。政府和当地民众合力把镇里道路上的废墟和土堆清走，让这里的人们得以陆续回迁。

如果不去注意政府军的检查站和曾经硝烟弥漫的残垣断壁，乍一看，这里人们的生活仿佛已经回归了正常，好像未曾受到满目疮痍的困扰。

穆阿达米亚镇负责和解工作的当地非政府组织成员哈

桑·贾杜尔对我们说，小镇居民都不大愿意接受联合国方面给予的救济，他们认为联合国并不站在叙政府这一边，因此他们不愿接受“沾满叙利亚人鲜血的交易”。他说，当地政府在叙利亚红新月会的协助下向民众提供救济，除此之外，小镇的粮食储备也还算充足。

一切好像恢复了正常，就像叙利亚政府试图对外宣传的那样。

没有人再提起政府军夺回小镇之前的故事。在2013年年底之前，武装分子还在镇里活动，政府军封锁了这个小镇，一些没来得及迁出来的民众随着镇里的武装分子一起过着没水没电、缺医少药、衣食无着的生活，还有人在饥寒交迫之下病饿而死。在2013年8月21日震惊世界的化学武器袭击事件中，这里也是被袭击波及的地区之一。

随着封锁下的武装分子逐渐弹尽粮绝，政府军在战事中渐渐占据优势，掌控了战局，清除了这里的武装分子，接着就召唤这里的民众回来重建家园。

民众大多无处可去、东奔西走，重返家园似乎是大多数人唯一的办法。而他们的家园也和他们一样，已经经历了太多绝望，正从奄奄一息中挣扎着迎接新生。

与其说是新生，不如说是痛苦的涅槃。这里的每一个人都有着说不出口的担忧，他们害怕眼前的日子只是昙花一现的喘息，战火正在什么地方伺机等着他们再次沦陷。

而更多地方连这喘息的机会都不曾得到。穆阿达米亚是从战火中新生的为数不多的小镇之一，但是在大多数战区，人们仍然在枪口炮火下艰难过活，依然在封锁之下面临着病饿而死的威胁。从阿勒颇的中心监狱到霍姆斯老城，从大马士革雅尔穆克难民营到叙利亚中部的巴尔米拉古城，千疮百孔的不仅仅是倾圮的建筑，更是人们的内心。

一排排的车辆在出入口处按秩序接受安检，居民区里开着小超市、小商铺，商品货色齐全，偶尔听到一声骡子叫，那是卖菜的小贩赶着骡车在小区里转悠。

一切看似这么地正常，可是就连骡子的叫声都显得无望而颓废。大多数居民目无表情地瞥一眼来访的记者，闭口不谈过去与未来，还有人投来仇恨的目光。

建筑建起了，家的感觉却再也找不回来了。

路标歪倒了，但是乡愁还在。

远方易到，故乡却难回。

在叙利亚过年

转眼就是 2014 年的春节。

在全世界都在时兴过“中国年”的当下，如果是常驻在另一个和平的国家，多少也都会有些过节的氛围。

2012 年的春节是在埃及度过的。从节前的一段时间开始，不需要提醒，你的生活就已经自动切换到春节模式了：领导开始问你春节期间有什么打算，暗示如果没有特别的事情，就可以把春节期间在办公室值班的重任托付于我；使馆开始张罗各种春节活动，从华侨华人春节招待会到面向当地人的“欢乐春节”系列庆祝活动，猜灯谜、贴春联、舞龙舞狮……恍惚中以为回到了国内，只是身旁凑热闹的变成了卷头发长胡子的中东人。而作为记者的我们自然也闲不下来，早早被布置分头采访各项活动，共同营造欢度春节的良好氛围。

然而，在 2014 年的叙利亚，在危机就要迎来第四个年头的前夕，自然任何锣鼓喧天的庆祝活动都与这个乱世格格不入。

我们唯一的庆祝活动是，在除夕那天中午聚在大使官邸，K 歌之后开始聚餐。由于时差的关系，我们在吃饭的时候，正好能赶上北京时间晚上八点的联欢晚会。

当时晚会的第一首歌就是改编版的《想你的365天》。在饭桌前有一搭没一搭地聊着天的时候，才发现原来这首歌这么好听，竟然让我想起了一句诗："每逢佳节倍思亲。"在那之后，那年春节晚会上的好多歌曲仿佛都添上了一层不一样的涵义，在我的iPod里保留至今。每次一听，积年的旧事仿佛都会随着这些歌曲的旋律翻涌到心头，幽幽地挠着心窝。

另外还有一首让我着了魔的曲子，来自于春节期间播过的《回家过年》系列公益广告。春节期间，中央台国际频道成了海外华人的最大慰藉，那几天最常做的事情就是到焦翔的屋子里蹭吃蹭喝，然后不停地换着电视节目，最后往往又换回到了中央四台。

《回家过年》公益广告的策划团队里是不是有人曾经驻过外呢？我这样想着。

我不知道其他在国外过年的同胞们看了这些广告作何感受。我自己觉得，这个公益广告做得太矫情了。你做个宣传片随便播播也就算了，还非要在面向海外游子的国际频道里滚动播出。

尤其当我发现，里面有一个驻在某个非洲国家的工作人员，飞越万里，跋山涉水，飞机倒火车倒汽车回到老家，见到一笑就露出满脸皱纹的父母、吃上热腾腾的饺子的那一刻，我的内心几乎是崩溃的。

我于是狠狠地记住了《回家过年》背景音乐的每一个音符。

比起不能回家的心酸，我们能在这样一个硝烟四起的国度平平安安地过一个春节，似乎已经不能奢求更多。

在每一篇稿子的背后，都藏着太多不足为人道的故事。很多事情，我在经历之后就不再去想，也不再向人提起，因为我们终究平安无事。如果再去纠结那些过往，那些与死神擦肩而过的概率，恐怕在这里的每一个人都要精神崩溃。

唯有这一首曲子能够聊以慰藉，能够替我们诉说，就当作是战地春节的纪念。

那音乐是：《Arrival of the birds》。

归航候鸟。

候鸟回家。

大马士革雪景

取暖烧火的脏衣服

2月3日这天是大年初四，我在叙利亚迎来了2014年的第一场雪。

一早起，天色就灰蒙蒙的，走到阳台能听到街上汽车轮胎碾过雪水覆盖的柏油路的声音。空中的云层伴着早晨的雨夹雪渐渐堆积，到了中午，大片的雪花终于纷纷扬扬落了下来。

这让我想起了在叙利亚危机千日左右的那几天，中东地区的一场大范围降雪。

2013 年 12 月 13 日这天，大马士革迎来一场鹅毛大雪。然而大多数人们并不觉得这预示着来年会有怎样的祥瑞。连续数天，当地民众在几家国营供销社和商店前排起长队，囤积过冬的物资，害怕运输通道堵塞和风雪肆虐会导致物资供应出现新的危机。

一家大饼店的老板说，抢购风潮从第一天下雪的时候就开始了，虽然每捆大饼（8 个大饼一捆）上涨到了 130 叙利亚镑（当时约合 1 美元），但是人们排的长队直到深夜也仍有好几十米。

然而即使是这样火爆的行情，眼看着大雪连下了几天，就连哄抬物价的商店也大多要打烊闭店，而不是选择继续赚取暴利。

“9 月份的时候是担心美国炮火打击，现在是害怕暴风雪威胁我们正常的生活。”一位名叫乌姆·哈兹姆的主妇说：“如果战争再不停止，说不定哪一次大饼供应危机就真的成了最后一次。”

除了大饼，冬季用电增多也导致供电紧张、停电事故频繁发生，一些家庭里的空调成了摆设。家住大马士革郊区的阿玛尔·卡里姆说，最近停电的时间比往常又长了好几个小时，还没等空调把冰窟一样的家里弄暖和些，就又该停电了。

然而大马士革的境况终究比战区好上太多。

黎巴嫩边境的帐篷里，一家人围着火炉取暖。阿布·马哈茂德正在往炉子里塞进揉成一团的自己的脏衣服，空气中满是刺鼻的布料灼烧的味道，而炉子上面，今晚要用的水还没烧热。

根据叙利亚境外主要反对派组织“叙利亚反对派和革命力量全国联盟”的数据，在暴风雪肆虐的第一天，就已经有至少2名战区的儿童被活活冻死，其中一名只有6个月大。

我想起了安徒生《卖火柴的小女孩》的童话。童话是美好的，对于卖火柴的小女孩来说，有了一簇火柴，就有了天堂。可对于从天堂跌落地狱的人们来说，他们的手里连一根火柴都没剩下了。

另外一些难民营里的难民开始在林地里挑拣能烧火的枯枝，甚至垃圾。在他们身后，雪越下越大，房顶渐渐被刷成纯白色，树梢被一层新雪压弯。

大雪中，在住处旁驻守的安全人员请我给他们拍照

想来，对于那样一场瑞雪，他们想必是极憎恶的。

相比之下，2014 年的这场雪看起来就没什么大碍，反而可能还有些好处：这一天，从早到晚都没有听到政府军向反对派据点发射炮弹的声音，反对派发射的迫击炮也没有炸落在大马士革市区，就连往日见惯的硝烟也藏在密实的云层中不见了踪影。

置身在车水马龙间，呼吸着湿润的空气，恍惚中有一种身在和平时代的错觉。

这一天，一切都是如此“正常”，如果有谁今天来到大马士革，可能会怀疑这里究竟是不是一个战乱中的国家首都。

然而现实终归是现实。这一天的新闻毫不留情地戳破了宁静的幻影。

这一天，叙利亚政府宣布，已经将之前因迫击炮弹袭击而受损的历史古迹伍麦叶清真寺的外墙修补完好；“伊斯兰国”和“支持阵线”等恐怖组织对阿勒颇省一处政府建筑实施了爆炸袭击；中部哈马省有 3 个人因为恐怖分子的火箭弹袭击而死亡——当然这都是来自政府官方的数据。

反对派方面则说，政府军已经连续 13 天向阿勒颇省反对派占领的区域空投燃烧油桶，共造成 1000 多人死亡，单单 2 月 3 日这天，就有将近 100 人死亡。

日子就这么一天天地过着，就像叙利亚的新闻，就这么一天天地发生着，有的时候甚至会让人产生似曾相识的感觉，好像这一天的新闻，曾在某年某月的某个地点埋下过伏笔。那一次的爆炸,就像是与某时某刻某个广场的另一起爆炸遥相呼应。

已经分不清，是战争让人们变得麻木，还是世情在战争中变得冷漠。

冷漠到让人想哭，却发现在战火中，最廉价的就是眼泪。

天地之气，暖则生，寒则杀。

但是叙利亚的寒冷与肃杀已经持续了太久。

外界普遍关注的日内瓦和谈已经在 1 月 31 日结束，但是我周围的叙利亚人对此一无所知。他们不关心政治会谈有什么结果，因为没有人施舍给他们点燃希望的火柴。

“日内瓦会谈 1 月 31 号已经结束，我想政府的代表团现在应该已经回来了。”

“哦，我不知道。我一般只看音乐节目和电影。新闻离我的生活太远了，没有必要看。”

但是她在经历战争、经历生与死的瞬间、经历逃离与坚守的挣扎之后明白，这里是她的祖国，这里是她的家，留在这里是命中注定的安排。

垃圾里，也有家的味道

遇见基督徒阿妮塔·穆卡达姆无疑是我临走前一件幸运的事情。

阿妮塔是一位9岁男孩的母亲，一家巧克力店的老板。

这一天，我和同事去市北的一家教堂采风，结束后在周围转悠，来到这家巧克力店，遇见一双善意的眼神，脚步停了下来。

时间正值傍晚，她正坐在库房门口的小凳子上吃着方便面。

“没有顾客上门，店里冷清得很”，虽然这样说，但是阿妮塔并不以为意，反而热情地聊了起来。

“战争反而让我开始更加喜欢自己的国家。”她说，她有两个姐妹，一个在美国、一个在加拿大，她们都诚挚地欢迎她前去避难，但是她仍然选择留在叙利亚。

“选择留下来并不是一件容易的事，我的孩子隔三差五就要和我翻天覆地地闹上一次，他会说，为什么我们不能出国，这个地方就是地狱！”

阿妮塔和她丈夫、孩子以及父母一家五口人住在大马士革的阿巴西亚区。阿巴西亚紧邻战区朱巴尔，经常会有迫击炮弹打进来。

“我和我儿子各有一次和死神擦肩而过的经历。”

阿妮塔回忆说，那是儿子以前还在穆莱哈区的法国学校上小学的时候。有一天早上，在坐班车上学的必经之路上，发生了汽车炸弹袭击，而她的儿子刚巧在爆炸发生五分钟前走过袭击地点。

对于那天早上的事情，阿妮塔或许一辈子都不会忘记。

那时，她正在菜市场买菜，突然听到一声巨响，随后就得知了汽车炸弹爆炸的噩耗。

阿妮塔穿着拖鞋一路狂奔，发了疯一样赶到了事发现场。

她不敢相信眼前的一切。到处是断胳膊断腿，笔记本和书满浸着殷红的血，帽子、鞋子满地都是，肉片横飞，一片惨状。

那一刻她感觉自己要疯了。好在有安全人员告诉阿妮塔，校车已经开过去了，她才又急速奔向学校，直到看见孩子平平安安地坐在教室里上课，总算心里石头落地，累得昏倒在地上，手里买的菜早不知丢到了什么地方。

后来学校搬到了大马士革的老城区内，事实证明走这一步是正确的。因为就在搬到那里后不久，学校旧址就被炮弹炸了个稀巴烂。“上帝自有安排。”阿妮塔一脸虔诚。

关于她的那一次更加惊心动魄。

有一次，阿妮塔到阿巴西亚区的政府机构办事，就在刚刚进入大楼两分钟后，只听见一声轰天巨响，等四周平静以后出来一看，一颗迫击炮弹就落在大楼门口，几具尸体已经血肉模糊。

“你能想象两分钟是什么概念吗？我们每天都走在可能和死神相遇的路上，不过我们并没有停止生活。”

“就是这两分钟，我知道上帝还没打算让我死，我要好好地活下去。”

阿妮塔说，在战争爆发以前，她其实很讨厌叙利亚，到处都有垃圾，城区破破烂烂的，很向往她的姐姐在西方的生活。但是她在经历战争、经历生与死的瞬间、经历逃离与坚守的挣扎之后明白，这里是她的祖国，这里是她的家，留在这里是命中注定的安排。只有这里才能让她有家的感觉，这种感觉就是天堂的感觉。

“即使生在地狱，我的灵魂与内心仍然感觉像在天堂。”

“我当然知道美国和加拿大有多好，有多安全，我父母他们甚至也有美国绿卡，但是我们全都选择留下。”阿妮塔几乎要哭了出来：“就是这垃圾，就是这破烂，这才是家的感觉。”

她的声音，我到现在都记得如此清晰，恍如昨日——

家是什么味道？

就是你一早醒来身体还好好的，起床上街，空气中还能闻到垃圾的脏兮兮的味道，那是家的味道。

不论漂泊了多远，别忘了回家。

一个周五的大马士革

关于叙利亚的最好的梦

我最喜欢周五的大马士革。

一周里面，周四的晚上是一个特例。在我常驻叙利亚期间，只有这个晚上，我可以偶尔把手机关掉，偷得片刻清闲。在阿拉伯国家，周五是一周里的休息日，称主麻日，是穆斯林聚在清真寺里礼拜的日子。一般从周四下午开始，政府机关停止办公，人们开始准备迎接周末，关于战事的新闻也默契地少了很多。

其实，在常驻的日子里，说是放心关掉手机，其实通常都是七乘二十四小时地开着的，生怕夜里有什么急事需要联系，别人找不着我。这样的结果就是夜里睡得越来越晚，早晨起得越来越早。

在叙利亚常驻的这么多日子里，如果要把所有待办的事情都做好，几乎连吃饭的时间都不剩——最让人哭笑不得的是，有时白天累了一天，夜里一回到住处就倒在床上，由于一天只吃一两顿饭，肚子开始饿得疼，但是一想到再起来吃饭的话，睡得就更晚了，睡眠时间又会被压缩，所以就忍着睡了过去——这样竟也很快就睡着了。

周五的早晨，也是一周里我最喜欢的早晨。阿拉伯国家一般是周五和周六休息，周五这天几乎没什么新闻，也不需要和当地有关机构走动联络，更重要的是一上午大街上几乎都没几辆车，在没有喧嚣、没有新闻、没有电话铃声的状态下，我几乎可以幸福地睡到中午，稍稍缓解这一周的疲惫和紧绷。

这仿佛是最惬意的一件事了，除了偶尔听到的炮火声和间或出现的硝烟。

周五没有事的时候，我喜欢静静地看着住处前面的一条水渠。这条水渠脏脏的，静静的，但是在晴朗的日子里，它和任何别的干净的、清澈的河水一样，斑驳着同样的阳光。即使是炮火声响起，它还是终日如斯、淡淡地流过。

有时候想，如果岁月能像这渠中之水一般包容污垢，流过沧桑，一切也应该会轻松很多。

到这个时候，我坐在阳台上，吃一个甜点，喝一杯巧克力奶，迎着阳光，看着外面比平时宁静得多的世界。

周五的天气大多是纤云四卷，天朗气清，极目之穷，蓝天望不到边。在美味食物的麻痹中，仿佛有回到和平世界的错觉。哪怕只有一瞬，都如上天的恩赐一般让人感恩。

然而坐不了多久，就要回电脑前刷新一下新闻，看看电视播报，保证不漏掉什么新的消息。

周五的晚上如果不停电的话，依旧和其他日子的晚上一样，能远眺到卡松山上的灯火。但我总觉得，周五的灯火也罩着一层静谧的、没有烟雾渲染的纯色，刚刚好让间歇响起炮火声的夜变得不那么可怕，足矣。

难得，在此刻，大马士革把它最精致的一面向我开放，什么都是刚刚好，奢侈得好像在做梦。

于是，关于叙利亚的最好的梦，就定格在了周五的现实里。

在没有硝烟的黄昏，叙利亚的云层总是厚厚的，把天空压得很低。

在没有炮火声的夜里，一闪一闪的星星好像就挂在离头顶不远的半空。

走过周五安静的大街，临街的住宅里飘出饭香，那是这里的人们在战火里不屈的默默坚守。年轻美女擦身而过留下的芬芳，像这战火里残留的馥郁柔情。

我来叙利亚的时候体重 58 公斤，来了之后一个月降到 54 公斤，走的时候则只剩 52 公斤了。另外一个变化就是我的白头发显著增多，多到数不过来。然而我却无从凭吊这些岁月的痕迹是从哪一天出现的，没有工夫，也无须徒增伤感。

来了叙利亚以后，我有时需要在睡前为自己留一盏台灯，有光亮就能安心一些。在这一年多的时间里，我就是在这样不安与安心的矛盾交织中入眠，曾经一度，我的发条绷得很紧，我甚至有几次害怕它会绷断。

幸好它没有被绷断。我把时间都献给了这场战火，并无怨怼，只希望这青春，可堪见证这历史。

战火还睡在枕边，我将起身离开。

在大马士革街头出镜（巴西姆 摄）

作者在前线（焦翔 摄）

但行好事，莫问前程

还记得即将离开叙利亚的时刻。

带着莫名的兴奋与不安，我在微信朋友圈里写道：

化武远了，炮火远了。

告别与战火耳鬓厮磨的日子，告别在叙利亚日夜奋战的时光。

叙利亚任期结束，明日启程回国。惟愿从前的归从前，往后的归往后。

最远不过流年，最近不过硝烟。

战火依旧，花期酴醾；佳期如梦，匪我思存。

谨以此泪祭青春。

感恩，感怀，感伤。

当离开叙利亚的日子越来越近，我的心里急迫地想回到属于我的那个和平的祖国。而当飞机落地，近乡情怯，倏忽之中，我又回想到我采访过的、遇到过的那些在战火的煎熬中愁肠离索的人们。我想起他们说过的话，想起他们无奈的笑，想起他们绝望的泪，想起他们"期待明天"的誓言在炮火声中迷失……

一开始，当我被问到害不害怕的问题，我总会说，害怕啥啊？都待了那么长时间了。与其说不害怕，不如说是对硝烟和炮火的感觉变得迟钝了。后来，我渐渐想明白了，其实害不害怕，与我对新闻的追求、对稿件写作的探索并无太大关系。

害怕难道就不要去战地了吗？有爆炸难道就不能去现场了吗？有迫击炮弹射来难道就不出门了吗？——明知道空气里有雾霾，难道我们就不呼吸了吗？

如果让我重新选择，我还会不会来到战地？

作者在前线（巴西姆 摄）

义无反顾。

最是硝烟弥漫的战场，才是最考验记者的阵地。

战场上，旷野中，我曾一次又一次地听着狂风的呼啸，听着炮火的轰鸣，听着装甲车隆隆的引擎声。这声音让我想起了埃及解放广场上百万民众的高呼，让我想起了伊拉克“绿区”里爆炸的火箭弹，让我想起了叙利亚夜半惊醒时的爆炸声。

历史，就在我的眼前呼啸而过。

我感到，作为一个记者，我在脚踏实地地奔走着、记录着，甚或在死亡的悬崖边缘徘徊着、呐喊着。也许，只有经历过的人才能懂得：当你把辛苦采访来的大量素材浓缩成一篇稿件，想到一个亮眼的题目，挥洒出自己的味道，然后在反复修改检查之后，点出发送键的一刻，那是一种怎样的感觉。

感到自己像是一个真正的见证者、真正的记录者、真正的呐喊者。

震颤，紧张，而激动人心。

带着初心，一路前行。

但行好事，莫问前程。

厌倦
与
天真

无论漂泊多远，别忘了回家

我们都应尝试着和自己和解，向着新的故事出发，

也要和过去的自己坦诚相对。

未来有无数种可能，所以值得我们去努力改变；

但每一种可能在当下看来都如梦幻泡影，

所以过去的自己，仍是值得珍视的、最真实的存在。

WEARINESS
AND
INNOCENCE

学会接受平凡，梦想才能随处可栖

央视有一个让我印象非常深刻的公益广告《感谢不平凡的自己》，在我常驻叙利亚那年不停地在国际频道播出。

看着祖国土地上的一个个勇敢面对人生种种困境与挫折的人们的故事，心里有说不出的触动。央视说，这个广告起用了 600 多名群众演员，记述了他们在天南海北的真人真事，通过再现每一个感人的小故事，还原成了一部有诚意的公益广告片。

但在乡愁渐渐消褪之后，我发现这些人其实都是普罗大众里的平凡你我。所谓的不平凡，是那种在困境中激发出来的精神和潜力，而我们往往认定这种精神是战无不胜、无坚不摧的。

这样导致的结果就是，我们被“不平凡”的包袱捆绑着前行，而当现实与理想的冲突越来越尖锐，焦灼的内心会越来越感到迷失。一个人可能无惧于生活的窘迫，无惧于艰辛的跋涉，却可能在不经意的柴米油盐面前，在跋涉许久都无法攀上的山峰面前，发现自己终究无法成为那个“不平凡”的自己：没有做好面对柴米油盐的准备，也没有正确思考跋涉远方的意义，而到最后，满怀“不平凡”理想的自己却倒在了现实面前。

我一度很喜欢看励志故事，尤其是在等车的空当，在加班回家后的路上。它总让我觉得，原来有人这么惨，却比我还认真生活、努力工作好多倍，自己还有什么理由不去努力？此时当地铁驶近车站，带来呼啸的风，在风中凌乱的我差点就要被这碗心灵鸡汤感动得泪流满面。

但是在日常的工作生活中，现实情况或许远远比励志书里的设定复杂得多，一番磕磕碰碰之后，发现励志书里的故事往往太小儿科。

这时候我们要做的，不是把励志书撕得粉碎，而是要告诉自己，你的设定就是：可以阅读励志故事让自己不至消沉，但更应该让自己知道，有了梦想和远方，你也还要脚踏实地。而在某些情况下，即使付出了努力，也总会有照不进现实的梦想和到不了的远方，一如无论我们如何改变、如何奋斗，身上总还会有不忍直视的缺陷和弱点。

所谓梦想的作用，大概是一种让内心不至于太过消沉阴暗的动力，在我们觉得撑不过去的时候拉自己一把。我们并不能奢望自己会从毛头小子变成马云李嘉诚，但总不至于被打入谷底万劫不复。

我们或许都有过这样的想法：曾几何时，你以为你可以与众不同，所以渴望走在别人的前面，做出不平凡的壮举。但一番努力挣扎之后，我们终归发现，自己和大多数人一样，是浩瀚宇宙间一粒微尘般的存在。

接受平凡，应该是我们一生中最重要的事情之一：承认自己能力有不足，承认自己眼界有限，正视镜子里自己有缺陷的部分，放下一份不属于自己的执着，用心倾听每一种声音，包括赞扬、更包括批评。

接受平凡，也不是变成平庸。重要的是，要保持对生活与未来的期待和信心：你知道自己是平凡的，背单词要一个一个背，做菜要一刀一刀切；你也知道一定不能让自己平庸，柴米油盐不能摧垮自己，自己付出一份耕耘，才能期待一份收获。

在战地的经历何尝不是如此。战地岁月的洗礼，让我收获了宝贵的历练和经验，但更重要的是让我明白：岁月轮转、死生契阔，自己仍然是再平凡不过的普通人。正是艰难曲折的来路让我铭记初心，在我的麦田里且行且耕耘——以战地为名的收获，不是因为“战地记者”带给我的“不平凡”，而是自己的努力带来的幸运。

我从一开始就不习惯“战地记者”这个标签。既然选择战地，理应无所怨怼。如果非要因为是身在战地而和其他同行区别开来，固步自封，不如一开始就不去战地。因为，如果自己不去脚踏实地地采访、没有力透纸背的记录，盲目贴上“战地”的标签带不来任何益处，反而可能会带来生命危险。

在和一些大学的学弟学妹们交流的时候，他们很多人向往战地，梦想是“当一名战地记者”。但如果他们说出口的理由是“电视上的那些战地记者们都很酷”、“能体验战争的感觉很刺激”之类的话，我会衷心劝他们，去寻找自己真正的梦想和远方。

说到底，平凡才是常态。或许人生中需要认真修行的一课就是，学会接受平凡的自己，拆除现实中并不存在的神坛。

学会接受平凡，是一种可贵的妥协。接受平凡，梦想才能随处可栖。

可怕的是，我仍然是自己；可喜的是，我仍然是自己。

每一个人的理想中或许住着一个人

一场恋爱，从相遇相知，到炙热相恋，再到形同陌路，终究归于虚无。

一座川流熙攘的小镇，一朝被无情的战火席卷，再邂逅时早已面目全非，归于历史的尘埃，只留下冰冷的字句。

在地中海畔（王储 摄）

2013 年 8 月 24 日，我来到朱巴尔区，这里除了军队之外的唯一活物是一只流浪猫。

2013 年 11 月 13 日，我来到霍杰拉镇，这里的道路连曾经的老住户都已认不出原来的样子。

2014 年 2 月 14 日，我来到霍姆斯老城，这里已经从“革命之都”变成了“革命之冢”。

……

乱世之中莫不如此，仿佛一切都没有发生过，然而一切确实真真实实地变化着。

到写这篇文章的时候，我告别叙利亚战火回国已经一年多。这些日子里，我又认识了很多新领导、新朋友、新同事，然而我给大多数人的第一印象，永远是我的那一篇《燃泪天堂大马士革》。

《燃泪天堂大马士革》是我初到叙利亚的时候写的一篇稿子，因为各种机缘巧合，这篇稿件获得了不少人的认可，我的作品也从此获得了更多人的关注。在 2016 年初，以这篇稿件为题的《燃泪天堂》一书出版。

坦白讲，有一篇稿子被人记得，并不算是一个令人沮丧的消息，有一个不算坏的标签总好过默默无闻。

然而当我设想，在十年、二十年之后被人提起时，还是第一时间就想起《燃泪天堂大马士革》的时候，我真的感到可怕、绝望和恐慌。我隐约觉得，如果不从过去的窠臼中逃脱，我就只能永远活在过去的故事里。

在叙利亚南部边境小镇（焦翔 摄）

于是，为了成为全新的自己，为了探索名为未知的可能，我从回国伊始，就开始尝试撕掉自己身上被附加的标签，撕掉一个个戴在脸上的面具，归零、关机，然后重启一段新的人生。我开始尝试读研、写书稿、开公众号、重新练起钢琴，我想让自己看到改变的无数种可能。

我在曾经开过的专栏上写道：

我想当

一个 PRO 的作者 精神上是富足的

一个钢琴师　哪怕栖息在酒吧角落

一个老师　讲语言讲文学讲我的故事

或者　仍然是一个编辑　一个记者

甚至一无所有……

我只是想看到改变的可能，因为我隐隐知道，我想要的生活，必不仅限于当下。

然而在今天，我从纷繁的思绪中醒来，发现我依旧一如既往地坐在办公室里，勤勤恳恳完成领导交代的工作。忙里偷闲的时候，弹弹琴，码码字，做一段白日梦。

我开始明白，每个人的理想中或许住着一个人，他会在人生的每一个新的阶段，决绝地扔掉过去的印记，抛弃过去的成绩，然后头也不回地全身心寻找新的突破和改变。

然而现实中，大多数人并没有这么做，就像你无论多么厌烦朋友圈里天天给自己的微店做广告的那位好友，你最终都没屏蔽她一样。

纪录片《再见，霍格沃兹》中，在《哈利·波特》系列电影中饰演反派贝拉特里克斯[①]的海伦娜·伯翰·卡特说过一句让我印象深刻的话："我并不擅长看自己的表演，因为那总是以绝望告终。那是因为，许多时候，作为一个演员，你想着自

①贝拉特里克斯：指贝拉特里克斯·莱斯特兰奇，是为数不多的女食死徒之一，也是伏地魔追随者中最危险、最残暴的人。在魔法部一战中，她杀死了哈利的教父小天狼星。

己正在创造一个全新的角色，包括外貌也要全新改变。然后你看着自己，心想‘噢，我还是我’。”

海伦娜是一个好演员，她扮演的角色总是很难不让人记住，但她在几十年后回头来看，仍然懊恼于自己做过很多努力，却最终无法从过去的故事里逃脱。

其实不只是演员，每一行的人都在憧憬着一个全新的自己。因此在多年之后，感觉自己的形象其实早已确定，是一件很可怕的事情。我看过海伦娜主演的《看得见风景的房间》，而时隔多年，她仍在《再见，霍格沃兹》中坦陈：“这还是我。”

看似轻松的语气，但没人知道这几十年来的沧海桑田。即使经历再多的惊心动魄，她最为人所知的，仍然是《看得见风景的房间》里，那个稚嫩的少女——这个世界令人绝望的地方往往在于，每一个曾经惊心动魄的故事，都终究会归于虚无。

虽然人们对她褒贬不一，但在她看来，自己之后几十年的故事，仍然盖不过当时一部老旧的电影，无疑是一种挫败。纵使一切努力都归于虚无，然而海伦娜仍然必须背负着这虚无上路。没有人在乎这些“虚无”，在旁人眼里，她的故事只有一句话：演过《看得见风景的房间》的海伦娜又演了一部电影——这似乎成了一个无法逃脱的悖论：你总是尝试着跳出来，可最后你发现，最为人所知的，依旧是跳不出来的你。

我非常羡慕又质疑那些在自己的文章里写着“第二天起床，依然能重新出发”的人们，因为我们常常发现，自己想要舍弃的，总在不经意的时候出现，把自己击得钝痛，让我们明白：我原来仍是那个我。

所以，我们都应尝试着和自己和解，向着新的故事出发，也要和过去的自己坦诚相对。未来有无数种可能，所以值得我们去努力改变；但每一种可能在当下看来都如梦幻泡影，所以过去的自己，仍是值得珍视的、最真实的存在。

如今我明白，人生总在得失之间，那些刻骨铭心，那些惊心动魄，不是来衡量我们的得失，而是让我们学会放下，过好人生。

可怕的是，我仍然是自己；可喜的是，我仍然是自己。

危机中的圣诞节（巴西姆 摄）

叙利亚的梦：不敢妄断的未来

2011 年，两洋三洲五海之地，星星之火在一夕之间点燃。

3 月 15 日，中东动荡的多米诺骨牌倒向叙利亚，巴沙尔政权陷入漩涡中心。叙利亚历史的洪流，开始朝着任何历史学家和小说家都难以想象的轨迹奔涌向前。

从反对派进逼大马士革，到化学武器危机爆发；从危机外溢引发欧洲难民危机，到美俄角逐叙利亚战场；从“伊斯兰国”（IS）横空崛起，到恐怖主义病毒式蔓延……时至今日，叙利亚危机走过第七个年头，家国千疮百孔，危机积重难返，民众颠沛流离。

持续了七年的危机，是国内各类矛盾的累积，是地区恐怖势力的交织，也是中东和域外霸权势力、宗派势力博弈的结果，同时也是世界大国和地区大国相互争斗的叠加。彻底解决叙利亚危机之路，遥远而渺茫。

脱轨狂奔七周年

叙利亚总统巴沙尔·阿萨德比他的爸爸要开放公正得多。危机刚刚开始的时候，巴沙尔和德拉省的异见人士坐在谈判桌两头。这个场景放在老阿萨德时期是不敢想象的事情。按照老阿萨德的逻辑来说，如果德拉爆发大规模示威抗议，那么1982 年哈马事件①很可能会在德拉重演。

就像许多叙利亚官员所说，巴沙尔比任何人都清楚叙利亚动荡之后的图景，他比任何人都明白叙利亚危机将给整个地区

---

①1982年哈马事件：1982年2月，属逊尼派的“叙利亚穆斯林兄弟会”麾下的武装组织在叙中部哈马省省会哈马发动叛乱，攻占省政府大楼、警察局、复兴党和情报机构地方总部，杀死众多复兴党人员。当时叙利亚军队在总统哈菲兹·阿萨德的命令下，对逊尼派伊斯兰分子的叛乱实施镇压，结束了自 1976 年开始的逊尼派人士的反政府活动。

带来什么样的灾难。所以，他以一己之力尝试阻止动荡魔盒的打开。

而那个时候，动荡的伏笔早就埋下：在国内，政府机构腐败问题未见解决，改革停滞不前；经济增长迟缓、失业率攀升；社会问题不断积聚，下层民众积怨加深。在国外，地区逊尼派与什叶派冲突矛盾加剧；一些国家长期培植反对派势力，反对派力量连点成线；中东多国政局动荡产生示范效应，西方打着“民主”旗号大行干涉主义之实……

抗议浪潮迭起、政府应对乏力、边境管控松懈、外国势力渗透，谈判桌对面的异见人士逐渐变成一心想改天换地的枪手

从“伊斯兰国”组织归降的士兵

武夫，甚至是无所不用其极的极端分子。从示威游行到武装冲突，从政府官员叛逃到官兵哗变，从“叙利亚自由军”出现到“伊斯兰国”异军突起，脱轨的列车在危机的道路上狂奔疾驰。

首都大马士革也早已不是人间天堂。绑架、暗杀、轰炸、迫击炮弹袭击、汽车炸弹爆炸袭击……每一个家庭都有一个支离破碎的故事，每一个夜晚都在静谧之中潜藏着死亡的气息。

与此同时，推进与阻碍危机和解的两种力量始终存在：国际社会的调停与斡旋的声音从未停止，西方国家的干涉与制裁更是大行其道。从安南到卜拉希米，再到德米斯图拉，联合国在叙利亚问题上始终束手束脚；从“叙利亚之友”到日内瓦和平会议，战场的血腥早就决定了无果的结局。

叙利亚人民内心对和平的希望一次次被冷酷的现实所浇灭，忍受着从绝望到绝望的煎熬。正如一名大马士革民众所说，和平谈判是政治家之间的外交战争，真正的平民百姓早就不去理会所谓的和解进程与政治谈判了。

化武疑云＋军事打击：“旧瓶装旧酒”

2018 年 4 月，沉寂了一段时间的叙利亚战争再次走进媒体的镜头。

4 月 14 日，美英法对叙空袭。90 分钟内，约 110 枚导弹倾泻而下“染红”了大马士革的夜空，城镇内外再添废墟。叙利亚人民在袭击过后，涌上街头抗议。他们高喊口号，高举标语，表达的是同样的心声：愤怒！坚定！不屈！

此次的借口依然是“化学武器袭击”。有报道称，叙政府军在大马士革东古塔地区杜马镇的军事行动中使用了化学武器，造成平民伤亡。叙政府对此予以否认，称这一指责是没有说服力的“陈词滥调”。而就在当地时间 13 日晚，美国总统特朗普宣布已联合英国和法国对叙利亚军事设施实施精准打击。14 日凌晨，炮火染红大马士革夜空，叙利亚国家电视台随即报道说，美英法三国对叙利亚“发动了侵略”。

从 2013 年 8 月引爆叙利亚危机的化武疑云开始，化学武器袭击就成为叙利亚内战的一个“保留曲目”，每隔一段时间就会被拿出来炒作一下，以亲近反对派的自媒体放消息开始，以西方国家集体谴责甚至动武结束。

前往战场的路上

从美英法这次联合军事行动的规模来看，空袭只是一次象征性的打击，不太可能扭转叙利亚政府军在战场上的优势。分析指出，特朗普政府奉行“有原则的现实主义外交”政策，此次对叙军事打击正是基于国际和国内双重现实主义考量。美国此次借化武之由动武，试图扭转当前对巴沙尔政府的有利局面，给叙反对派喘息机会，也对俄罗斯、伊朗实施震慑，逼迫其战略退让，同时，淡化和转移特朗普在国内面临的负面调查，稀释负面舆论。英法两国也是出于对现实和战略利益的盘算。

俄罗斯也没有保持沉默。俄罗斯驻美国大使阿纳托利·安东诺夫警告说，“预先设计好的剧本正在落实”，并在社交媒体上写道，“我们再一次被威胁，我们已经警告过，这样的行为不会没有后果”。

俄罗斯外长拉夫罗夫也在 4 月 20 日表示，美国及其盟友对叙利亚发起军事打击行动，消除了俄向叙提供 S-300 防空系统在道义上的阻碍。他说，大约 10 年前俄罗斯曾应西方伙伴请求，决定不向叙利亚提供 S-300 防空系统，以免破坏地区形势。但是在美国对叙利亚发起导弹袭击后，俄罗斯不再背负这样的道德义务。

战场前线的士兵

事实上，纵观叙利亚危机进程，

俄罗斯从未缺位。无论是安理会上的否决票，还是 2013 年化学武器危机时的俄美协议，或是 2015 年俄罗斯空袭与叙军的“协调行动”，俄罗斯向世界释放的信号，是一个大国的影响力和解决危机的能力，而即使是在特朗普频发大招的状况下，这一信号对叙利亚危机的前景也有着至关重要的影响。

可以预见，美俄在叙利亚问题上仍会展开激烈博弈，但为了避免冲突与摩擦，在竞争中协调立场、在秀肌肉的同时试探合作的可能性将成为双方今后互动的内容。

至于叙利亚局势的未来，恐怕没有人敢妄下断语。正如美国《国家利益》网站文章指出的那样，中东地区的地缘政治较量还会持续下去。

“就像是第三次世界大战”

早在 2014 年 6 月，以色列武装部队总参谋长甘茨就曾预言说：“叙利亚像一座纸牌搭建的房子。只要阿萨德执政，我们就无法看到有效的解决方式，因为所有人都在对其开战，而并不是为了国家的未来。我认为，我们可能还要看到 10 年的暴力冲突。”

这一观点并不乏人呼应。叙利亚“库尔德人民卫队”总司令希班·哈姆就对这一观点表示赞同。他指出，各大国力量介入叙利亚冲突，意味着战争将再持续 10 年。他说，叙利亚现在的局势再也不由叙利亚人掌控，而是与互相博弈的列强相关，

"它就像是第三次世界大战"。

根据西方媒体掌握的数据，目前巴沙尔政权实际控制的区域仅为叙利亚国土面积的 20%。这些领土大多是"有用的叙利亚"，是叙利亚西部人口稠密、相对发达、阿拉维派穆斯林聚居的地区。而其余国土则分别被库尔德人、"伊斯兰国""支持阵线"等极端组织，以及叙利亚反对派武装所占据。

表面上看，"伊斯兰国"等极端组织成为叙利亚危机不断加深的催化剂，关系到危机能否化解以至最终消弭。但从危机发展的脉络来看，"伊斯兰国"只不过是叙利亚动荡的副产品，而其他矛盾则暂时退居其次。然而要解决叙利亚危机，打击"伊斯兰国"只不过是清除一个安全障碍。植根在危机深处的是政治改革、宗派矛盾和经济发展等问题。

还有人担心，对叙利亚虎视眈眈的沙特和土耳其下一步可能会加大对叙利亚的介入力度。另一方面，亲叙政府的黎巴嫩"真主党"和"伊朗革命卫队"等什叶派力量也可能会填补随时可能出现的战场真空。这样一来，地区博弈的乱局将更为复杂。

叙利亚将何去何从?

分治，成了媒体和观察家们探讨叙利亚未来的关键词。

美国的外交家们毫不讳言，他们在讨论一个分治叙利亚的 B 计划。俄罗斯副外长里亚布科夫也在早前表示，俄将支持叙

战场前线的士兵

和谈各方达成的一致意愿，包括通过叙利亚人之间的谈判建立一个“联邦共和国”。

对于美国来说，如果叙利亚停火无法维持，而谈判又无法按照美国预想的路线推进，美国可能会推动叙利亚分治的 B 计划。依照目前叙利亚的形势，这个 B 计划可能将把叙利亚的领土分为四个部分：巴沙尔政府控制区、库尔德人控制区、极端武装控制区和反对派控制区。

巴沙尔政府控制区，就是所谓的核心区，指的是从南部的首都大马士革，到中部的霍姆斯，再到北部的拉塔基亚的区域，位于叙利亚西部沿海地区。该地区人口较为密集，经济条件也相对较好。目前，大马士革郊区等地还在反对派武装和极端组织的手中，这些地区即是叙利亚政府军进攻的重点区域，巴沙尔政府不可能将其让与反对派，这些地区的战事因而也最为激烈。

库尔德人控制区，就是所谓的库尔德走廊，指的是从叙利亚东北部和土耳其交界的地方到叙利亚北部阿勒颇的一部分地域。自从叙利亚动荡开始之后，库尔德人对于自治的呼声不断，而且自己组织了武装力量，对抗极端组织武装和反对派。而美国方面对库尔德武装也有所寄望，希望这一武装成为进攻IS 占领区域的一大力量。

另外两个部分就是极端武装控制区和反对派控制区，主要包括叙利亚的东北部、东部和南部的区域。这些区域人口较少，战略意义也较小，叙政府军对这一区域投入的力量有限。

这一完全按照美国设想所制定的“B 计划”势必不会得到叙利亚政府的同意。而即使叙利亚局势按照这一“B 计划”演进,那么政治版图的重组和最终划定也仍需耗费相当长的时间。

巴沙尔还能撑多久?

但对于媒体来说，它们更热衷于炒作的话题是：巴沙尔政权还会存在多久?

其实,关于巴沙尔是否下台、巴沙尔政权是否存在的问题,更多取决于美俄博弈、地缘政治版图重新划分的结果，而非巴沙尔政权在叙利亚的支持率与影响力。真正影响局势进展的,并非表态或宣告，而是切实的行动。

眼下，考虑到“伊斯兰国”的活动、地缘政治的复杂性、美俄携手反恐的不确定性，在可预见的时期内剿灭极端组织依旧不被看好。如果这一前提没有实现，那么叙利亚的和平与稳定就无从谈起。

而对于叙利亚的政治版图，此前早已有分析人士指出，即使叙利亚危机终告结束，巴沙尔政权也再无可能管控原先地图上的整个叙利亚，中东的版图将会重新划分，与之伴随的是大国在地区影响力的重新洗牌。

一个时代已经终结。

叙利亚危机的扩大和极端组织的崛起，标志着帝国覆灭时代按照西方模板打造的“旧中东”走向穷途末路。

新的时代却远未诞生。

即使“伊斯兰国”消失了，它的位置也会迅速被新旧世界交替时期的另一个产物所取代，名字或许换了，但它们同样长着嗜血的獠牙。

唯一可以肯定的是，巴沙尔政权的生命力，比西方领导人口中的时限要顽强得多。与之相应，叙利亚危机的烈度正不断超出人们所能想到的极限。

冬雪

番外篇⑤

人生何世，谜茫如今？

2016年初，我的第一本书《燃泪天堂》终于出版了。带了一本回家，家里人便说起在叙利亚有多么不容易，接着就问起什么时候还要再出去之类的话了。

我回国已经许久了，回想起在国外的时光，恍惚间都觉得像是前尘旧梦。可是老家的亲戚却不觉得，仿佛我就是刚下了国际航班的飞机，一路飞奔回来，衣袖上还沾着硝烟的味道。

今年回老家的时候带了几本书，可惜过年几天也没有多少时间细看，光是抢红包、发微信拜年就浪费了不少工夫。慵懒是容易让人消沉的，可这消沉却总是迷人的，要是再赶上除夕这举家放假团聚的日子,便更多了一个堂而皇之说服自己的理由。

在国外的时候，总是回想起在国内过年的感觉。回到国内，这浓浓的年味是有了，就是还夹带了不少别的，比方说，都到初一晚上了，却没有等到该来的那一条微信。

我有所思在远道。一日不见兮，我心悄悄。

也许再等等，就等到了吧？或者跟亲戚聊天的工夫，也就渐渐的不那么心焦了。

然而聊天的内容有时也让人徒增烦恼。大学毕业了，就必定得问找了什么工作，薪水多少；工作了没几年，就必定要问啥时候把女朋友带回家；如果这年刚刚办了事领了证，就必定得想着回答什么时候生孩子的问题，这道理是自古就有了的。现在又多了一个什么时候生二孩的问题，彼此之间又多了一个可以更加深入了解的谈资。

家里老人也一边查黄历一边认真严肃地说，把陈聪这事儿赶在农历五月的时候办了吧。接着就开始聊，要请隔壁的老王，以前的街坊老张，还有爷爷在县里工作时的老陈……好像所有事情只需要寻一个黄道吉日，一切便都顺理成章了。

我问母亲，炮仗烟花除夕都放完了，怎么隔了这么久还在院子里堆积着红色的残屑？她说，那是他们故意堆在门口，好让人觉得，这家人家境殷实，这家人在新年里一定是红红火火、团团圆圆的。

忽又想起小时候跟着爸妈住在大学的家属楼里，家属楼连着学校，有一片大草地，夏天的时候里面全是疯长的野草。我穿着背心短裤，常到草地里捉蚂蚱，腿上总是被野草刮得挂了彩。然而等我把蚂蚱腿用线绑上了，玩了一会儿就突然发现，线的那一头只剩一条腿了，蚂蚱却不知道去哪儿了。当时的我根本没有闲工夫去想，这只残疾的蚂蚱以后怎么生活，会不会死之类的问题，便忙着去捉下一只蚂蚱了。

而到如今，我知道答案是什么，只是不想道破。

而夜空也沉默着，任凭烟花如海的喧嚣，在渺远的地方悠悠荡荡。

漫天烟花，满街霓虹，人生何世，谜茫如今？

（写于 2018 年 2 月 16 日正月初一）

秋叶

厌倦
与
天真

附录

WEARINESS
AND
INNOCENCE

附录一

燃泪天堂（组诗）

追忆燃泪天堂

烟火已经前往苍穹
撕开亡灵的序幕

流火　晨光
泪冢　日暮

岁月雕着大马士革刀的纹路
唱经声钻出嘈杂的巷口
背包装满离人的乡愁
宫殿旁有孩子细数斑斓的尘土

天堂如此，群星闪耀时——
如歌，如诗，玫瑰饱饮馥郁的秋露

暴风雪雕着婴儿的水晶棺
毒气漫出裹尸袋的缩口
孤行者葬在荒园一角
生命在爱琴海中翻着白沫

地狱如斯，苍穹是辽阔的默示——
赴生，赴死，赴一条没有路的归途

光阴远走，往事沉沦
硝烟深处，飞鸟像听到了的母亲的哀鸣
从古城，到集市，到爆炸深处的铁丝网
从血肉，到魂灵，到动荡烽火里的废墟

风裂　血赍
云凋　骨枯

直到走出炮火许久
直到天使的嘴唇衔着恶魔的头颅
我的回忆还像过去那样咬着我的泪珠

巴拉达河里的阳光碎了

这是绝望的第六年
悬崖边上，大地冷若冰霜
一个微小的声音说：
别放弃，仍有希望

早晨
他听到汽车炸弹爆炸的声音
碾压年轻的生命
他听到一个熟悉的名字

中午
一家人冒死从火线逃生
走在最后的哥哥被 IS 绑架
“可能他已经不在了吧……”

晚上
乞讨的男孩躺倒在商店橱窗外
一只碗放在一旁　我
看着他的嘴抽搐着　一滴滴
泪濡湿了发丝

泪落人亡
腐烂的土覆在死亡的脸上
原来，生命的重量是一抔泥土
战火渐次烧干希望
流年不屑一顾

这是一条大马士革市中心的水渠
脏脏的，静静的，透着死水般的绝望
但是，只要有一日
没有硝烟的晴天
它都忠实斑驳着炫目的阳光

又一夜
梦回叙利亚
梦里，遍地鲜血都是黑白的
只有巴拉达河里的阳光碎了

孩子问我，和平是什么

——把《燃泪天堂》读给我的孩子

王一方

我走上去，慢慢蹲到他面前，郑重地一字一句地告诉他，和平，或许就是这路边不会熄灭的路灯，广场上安然飘扬的国旗，还有一个随时可以拥你入怀的妈妈。

那天，入夜走在长安街上。两岁大的儿子已经像风一样会奔跑。风过，卷起夜的萧瑟，夜露也好似被染上了几分清寒。恍惚中，我产生一种行将失去的担忧。这时，儿子突然转过头问我：和平是什么？

仿佛为了确认一样，我嗅吸着儿子身上暖暖的香气，轻轻牵过他的手，眼角不知为何有些微的湿润。我一字一句地告诉他，和平，或许就是这路边不会熄灭的路灯，广场上安然飘扬的国旗，还有一个随时可以拥你入怀的妈妈。

尚未出生，儿子已经认识他了

第一次读到陈聪关于叙利亚的战地报道，是那篇后来被用作书眼的记者手记《燃泪天堂大马士革》。

彼时，我正在孕中，看到开篇那句“人间若有天堂，大马士革必在其中”，便娓娓想把这份美好分享给腹中的小生命。我和以往每一次为他阅读一样开始，却未曾想文至终点，我已泪流满面。

夜入北京，八月未央。

那是一年之中最温婉清朗的时光。我站在被万家灯火包裹的温暖之中，感受着腹中胎动的幸福，读着其他母亲的战乱失子，久久不能入睡。回忆人生里，第一次关注与战争有关的记者与文学，是北约轰炸中国驻南联盟大使馆中牺牲的新华社记者邵云环，以及他们离世之后的一部《未写完的战地日记》。

浮生若梦，年少时候的满腔热血好像婉转回旋，而这次的主角，竟然是我最熟悉的同学，是那个一起在苏伊士运河边的咖啡馆里，以梦为马海北天涯的少年。

战争，在和平年代总是显得特别遥远又不真实。死亡和炮火，不过是新闻里的数字而已。然而，直到我大学学习阿拉伯语开始，直到 2009 年 2 月留学埃及期间与哈里里市场的一次爆炸擦身而过开始，直到中东局势越发扑朔迷离开始，我才觉得，我们的同学之间，一定有那么一个或者几个，会成为去记录时代、经历战争的人。

而陈聪，最早成为了那一个。

以他与生俱来的对于文字和情感的忠实，对于正义和热血的向往，对于刻苦和踏实的坚持，这本《燃泪天堂》就一定会不同凡响。因为他的心中，早已流淌了太多太多对于周折和苦难的同情，对于命运和梦想的执着，对于爱情和家国的赞叹。细读这本与众不同的战地手记，它区别于我们日常见到的新闻通讯，他的真实，他的柔婉，他的哀伤，他的勇敢，都敲打着我们正在经历平淡、平凡、平庸的心，唤醒着深藏在我们自己内里的青春和热血。

文字，是战戟也是玫瑰，是情书亦是遗言。他青衫磊落、仗剑天涯，只是他淋漓尽致的爱恨情仇，不在武侠小说的次元，却在真实的中东战场。

清癯背后，没有人知道他经历了什么

早在《燃泪天堂》尚未成书的时候，我的手边就有了一摞自己打印的稿件。我细细看了一次，又一次。

从那天开始，我把这每一篇手记，都读给我的孩子听。虽然所有的母亲，都希望胎教全是美好的音符，然而当我读到文章里那些对于家园难舍的赤诚，对于母亲无尽的热爱，对于别离与死亡克制的悲伤之时，我开始觉得：孩子，应该知道这个世界的真实，知道和平背后的历程，知道所有的幸福并非理所当然，知道面临绝望亦有爱，也知道一个人，应该像作者一样，像书中记录的每一个努力生存的个体一样，在困难里，在波折里，在经历了战火，绝望，咆哮和歇斯底里之后，仍然要努力又认真地好好生活。

没有亲历，谁也无法想象，在硝烟炮火里，陈聪到底经历了什么。

在公路检查站接受完安检离开，刚刚检查他们的士兵就被反对派武装全部杀害；所有人都在逃离令战火也黯然失色的化学武器，他却想方设法更加接近现场、探索真相；连士兵都要退避三舍的交战区，他却成为扎眼的“靶子”，只为真实地记录战争的瞬间……

卡松山的炮火不断，伍麦叶清真寺的唱经声不绝，大马士革的红玫瑰开过了一旬又一旬，对于新闻工作的热爱，对于生命的热爱，对于文字的热爱，成为暗夜里的耀眼繁星，点亮了这个少年在生灵涂炭弹雨枪林里的每一天，手画这缭乱别离的浮世绘。

你看他是清癯斯文，却不知在他的内心，疯狂生长着巨大的热情与动容，关于爱惜生命本身，关于对记录历史的忠诚。

愿做鸽子，抚慰母亲被战火撕裂的伤口

时至今日的叙利亚，早已不是与天堂齐名的故乡。跟着作者的文字，你去老城的街心走一走。有一位母亲，她的孩子被

反对派杀害，没日没夜地重复着思念，大袍下肿胀的双腿就像是预示着被绝望吞噬的明天。

作者写道：“如果终有一日，战火将这大地毫无恻隐地毁去，只求这鸽子给母亲带回这大地零落的魂魄，抚慰母亲积年累月的伤口。”

难民营里有太多永远无法抛下的血泪与负荷，生离死别并非倥偬已成永恒,而孩子们却在乱世零落中的小小庇护下学习，志愿者成为点燃行将枯死的灵魂最后的温存。

作者记录道：“无论如何，孩子是无罪的。虽然我们面临困难，但是应该有人告诉他们，什么是爱。他们应该懂得，无论命运怎样颠沛流离，日子总是要继续下去。”

他采访那些前线作战的士兵，记录士兵们在战火中匆忙抬下的阵亡的战友；记录那些因为战争流离失所食不果腹的普通民众，在哈米迪亚市场斑驳的光影里短暂的甘苦；记录那些在浑浊与泥泞里依然被父母全力保护起来的孩子们，脸庞还洋溢着不懂世事的纯净笑容；也记录那些因为沙林毒气而痛苦丧生的幼童，和化武之争里国际博弈中的每一种声音；甚至还有废墟里寻找食物的野猫、博物馆里不懂流离的玫瑰、卡松山上令人流连的灯火与落日……

作者用自己独特的视角、丰沛的情感和诗歌一样清丽的文辞，记录着战争里的日常，千头万绪，芸芸众生，他既不讳于记录龙血玄黄马革裹尸，却又不吝于描述苦中作乐坚忍不拔。在每一篇札记里，你可以透过作者的眼睛看到，铁血冰河，干戈白发，黄沙埋骨，春闺梦人。

正如作者所言："比起我们在战地环境工作的记者，这些在战乱里努力生活的平凡人身上所展示出的不平凡的力量，才是这个乱世中的最强音，我受他们的感染，为他们的所说所做而感动，而这份感动我也期望与读者共享。"

多少不舍，不过是最后骨灰一盒

为什么是共享，为什么是触动，为什么我在读到烽火三年读到山崩地裂的时候会感同身受？

越是长大才越明白，正是因为陈聪所写的固然有烽火乱世，枭雄纷争，政治博弈，然而更多的，还是他用心去感受的普通人。

作为一名年轻的战地记者，他也有着普通人共同的情感。突入世纪之战，他不但兢兢业业地为历史背书，更以不分国界的满腔热血，谱写着命运悲离里每一个勇者的赞歌，与每一个逝者的挽歌，炮火并作礼花，硝烟化成帷幕。所有光阴里向上的生长力，在潘多拉魔盒的碾压之下，更应该被歌颂。琐细的生命，牵挂的家人，才是命运的日常。正如获奖无数的记录切尔诺贝利悲剧的纪实文学一样，陈聪也在书中问自己：我该说些什么，关于死亡还是爱情？

普通人的悲欢离合与爱恨情仇，普通人的生离死别与嗔怒怨念，尽管海隔万里，我们和他们，并无区别。

初读《燃泪天堂大马士革》的时候，我还是一个即将成为母亲、家中四世同堂的大孩子，经历着生命中最繁盛的岁月。但在接下来的日子里，我接连失去了两位挚爱的亲人。人生第一次去殡仪馆，第一次参加遗体告别，第一次握着亲人的手感受他的体温渐离他的身躯，那时候才懂得“明日隔山岳，世事两茫茫”，多少理不清的思念与不舍，不过是最后骨灰一盒。

原来相聚都是短暂，别离才是永恒。尘满面，鬓如霜。

也是在那一刻开始，渐渐开始思索生死，更为战场上那些本来不应该发生的永别扼腕痛心，更为那些转瞬即逝的爱情感到残酷，也更为那些失去孩子的母亲、希望破碎的家庭而感到同情。强人也好，弱者也罢，在政治危机和历史洪流里都显得微不足道，而演绎时光的每一个人，却在家人心里，成为永远不可磨灭的丰碑与念想。

孩子问我，和平是什么？

因为读了陈聪的文字，我给孩子买了几本幼儿绘本，让他以自己的视角去理解和平的意义。

2015 年 9 月的一天，和往日一样，我为孩子读完绘本，拿起手机和孩子一起看新闻。

虽然他看不懂，但每次他看到新闻照片的时候，就会随意问我几个问题。可是不巧，那天新闻的封面，是叙利亚小难民艾兰溺亡在沙滩的照片。不要说我是拥有一个和艾兰年龄相仿的男孩的母亲，可能任何一个成年人看到他的遗体宛如安睡的模样，都会流出眼泪。

看我揉着眼睛，孩子问我，妈妈，你认识他么？

我拥他入怀，使劲又使劲，只担心在这苍茫世间，母子深情转瞬即逝。

我反问，你认识他么？

孩子拿过手机，看了又看，笑起来说，我认识呀，这是我们在三亚一起玩的哥哥，他玩疯了，就睡着了。

心就像被狠狠地敲打，一向主张直面现实的我，却无论如何也不愿启齿告诉孩子真实的故事。

对，我的宝贝，小哥哥和他的妈妈与哥哥睡着了，永眠在利益之争的冠冕堂皇里,永别在披着宗教诡辩的外衣的暴恐下,永别在利益博弈的计算和人心的冷漠里。

只期望他们去了我们都呼唤又期盼的天堂——那里没有战火纷飞，没有铤而走险，没有阴谋博弈，只有母亲甘甜的乳汁、父亲宽厚的肩膀,只有大马士革的后院飞扬的鸽哨与朝阳,只有小哥哥走向世界那轻快的步伐与旖旎的色彩。

那天，入夜后走在长安街，已经像风一样会奔跑的孩子突然回头问我：和平是什么？

我有一瞬间的失神。

尔后，我走上去，慢慢蹲到他面前，郑重地一字一句地告诉他，和平，或许就是这路边不会熄灭的路灯，广场上安然飘扬的国旗，还有一个随时可以拥你入怀的妈妈。

我嗅吸着孩子身上暖暖的香气，在心里突然不可抑制地涌出深深的感动。在同一个时间，不同的空间，因为我所深爱的这片土地，这个国家的和平与繁盛，我们才能安然地拥有家人，青山无限，岁月多娇，往事堪忆，来日可追。

作者已经离任回国，而叙利亚仍然焦土千里。相信每一个读过《燃泪天堂》这本书的人，和我一样，和作者一样，仍然牵挂着那片千年土地上每一个平凡的生命。

“作为一个战地记者，我渴望报道战争，而我却更真心实意地期待和平”，作者如是，我们依然。

后记

篝火还在燃烧

我们生活在这样一个信息过载的时代里，时而充盈，时而空虚。文字如微尘一般，铺天盖地向你涌来，它似乎囊括了所有你想得到、想不到的形式，仿佛没有边界一样，描述着边界以外的丰满宇宙，而想要读完这些文字，是穷尽一生都难以完成的跋涉。

文字就这样散落在你我周围，也挡在了人与人之间。我们通过文字看似读懂了另一个世界、另一种人生，但是事实上，我们无法知道文字中的世界是否真的是我们脑海中定义的那个世界。

（一）

或许只要是曾在战地采访过的记者，一生都会刻下属于战地的烙印，一如曾经经历三个国家枪林弹雨的戴煌老先生。

戴老在2016年的2月19日永远地离开了我们，而他在战地的足迹可称得上是战地记者当中的先驱。

戴老最广为人知的文章，是一篇志愿军战士罗盛教舍身救朝鲜少年的故事。他曾说："总结我这一生的新闻报道经历，我认为最重要的就是讲真话。要报道真正为人民服务的人和事，忠于史实，不说空话。我们经历过枪林弹雨，那都是事实，我们不空口说白话，完全用事实说话，而不能闭门写假的东西，不能为了某些特殊的目的去虚构事实。"

我们经历过枪林弹雨，那都是事实。

我所经历的这些事实，也凭着当时的记录和当下的回忆，尽我所能写在这里。这里有中东这片土地上人民的绝望与挣扎，有我在这片土地上的彷徨与寻找，还有人间地狱里的喑哑的呼号，和"燃泪天堂"里的微弱的曙光。所有这一切，确是事实；所有这一切，都是我们走过战火的印记，是我们经历过风刀霜剑的诉说，值得转述给每一个想知道这里的人、去共鸣每一颗关山万里之外的心。

用现代文艺理论家胡风的话说，这也许就是"用了心的激动更紧地和他们拥合"。

（二）

这是一个争斗的大时代，每一则新闻的主题都绝离不开冲突与斗争。对于叙利亚来说尤是如此。

当我常驻叙利亚的时候，往往感到一个很残酷的现实：在叙利亚的人们谈起这场危机的时候，有的人已经渐渐对它麻木，有的人已经不屑于向你讲述他们的故事。他们对每况愈下的生活状况感到麻木，对随处可见的难民和乞讨者感到麻木，对晴空惊雷般的炮火声和爆炸声感到麻木，甚至对国家的未来也不甚关注。

也许有人会说，他们的生活是卑微的，他们的命运是无人问津的。如果从国际政治的视角审视，似乎的确如此：叙利亚政府和反对派为了各自的利益而相互厮杀，地区国家如沙特阿拉伯为了达到自己的目的暗中向叙利亚输送武器和武装人员，而美俄等大国则把叙利亚当成了博弈的角斗场，他们都声称自己关注叙利亚，关注叙利亚人民的命运，但真正为这一切付出代价的却正是变成动荡祭品的叙利亚百姓。

我喜欢读民国时期的文学，尤喜欢读萧红。相似的战火，不同的时空，不知这本书里的文字是否能令你产生些许似曾相识的感触。

叙利亚的人们就像萧红在《后花园》中描述的那些最卑微、最不起眼的植物一般，或者开一个谎花，或者结一个涩果，没有人去问它，也没有人去管束它，由着它自生自灭。

总之，日复一日，如今他们捱过了第七个年头，于是就在这乱世里，一塌糊涂地过着。他们只有极少人会大吼大叫、歇斯底里，他们中的大多数人以惊人的忍耐力沉默着，这沉默会让人以为，他们似乎不知道该如何描述流离的乱世，如何讲述他们的故事。

“受得住的就过去了，受不住的就寻求着自然的结果。那自然的结果不大好，把一个人默默地一声不响地就拉着离开了这人间的世界了。”

“至于那还没有被拉去的，就风霜雨雪，仍旧在人间被吹打着。”

他们说，他们就这样生活着、等待着。

烽火蔽日，硝烟漫天。

当等待已经变成一种习惯，他们似乎已经忘记了最初等待的是什么，似乎已经习惯了这样漫无目的的等待与无休无止的战争。

也有等不下去的，坐上蛇头的船，前往生死未卜的彼岸，而更多的，还是选择逆来顺受地生活。他们中很多人不支持政府，也不支持反对派，他们只想着过好自己的日子。

“还能坏到哪里去呢？”这种情绪也在慢慢折磨着我，我的内心从疑惑，到绝望，再到无所适从。我不知道和平什么时候来，但隐隐之中，我也已经习惯了这战地里的“和平”——硝烟、爆炸、炮火、随时随地的突发事件、不断上升的死亡数字，这是“和平”的常态。

我的内心抽搐着：我又爱这和平，又怕这和平。

唯一让我免于纠结与不安的，莫过于留下一些文字，诉说一些故事，让这隐隐作痛的麻木生出些微弱的喘鸣。

有人说，看我的文字是件痛苦的事情。的确，在快餐式浅阅读的时代里，人们也许会本能地抵触阴沉而厚重的叙述，偏爱调侃而诙谐的絮语。但我觉得，在某些事情上，痛苦总比盲目的戏谑要好。

但是正如我的文章里所写，我也在尝试着突破和改变。看过《燃泪天堂》的读者也许会发现，在你眼前的这一本书里，我试着换一种记述方式，换一种写作风格，让自己的文字不要那么“痛”——沸腾的应该是灵魂，而我尽量试着平淡地讲述。因为我知道，每一个曾经惊心动魄的故事终究会归于虚无。既然终归虚无，又何必牵强造作？

而我相信，50个故事，50种况味，总会有一篇与你结缘。

（三）

感谢我的父母，这本书献给你们。

感谢我的同学王一方，你对《燃泪天堂》的书评让我震撼。

更要感谢读到这里的你，你们的支持与认可，汇聚成写完这本书的力量。

我的初衷是，希望这本书能够陪你走过一段不一样的人生旅程，那是一段能闻到远方硝烟的气味、带着窥见生与死的况味的时光。那些曾经让我奋不顾身、涕泗横流的，也希望能够在你内心深处共鸣。

感谢你读过这本书。如果有一篇、一句触动了你，期待你能与大家分享感受，在当当、亚马逊、豆瓣上，每一个字我都会奉若至宝。

关于叙利亚的更多记忆，《燃泪天堂》中曾有详细的叙述。

中东问题专家马晓霖曾评价《燃泪天堂》，说里面的每一篇故事还没来得及读够，就“已经划上句号，或戛然而止，或耐人寻味”。

而在你眼前的这一本书，讲的就是《燃泪天堂》里没有讲完的故事。

当然，如果你愿意与我有更多互动交流，公众号“战地笔记”等着你来加入，战地君期待与你一起，用你喜欢的方式讲述次元物语、追忆战地情书。

（四）

两个月前，叙利亚危机迎来了七周年的纪念日，此时此刻，叙利亚的硝烟还在张牙舞爪地弥漫，和谈也在不急不缓地进行。这个世界走得太快，什么都在改变，但似乎什么都还在原地打转。

我在离开叙利亚不久，就做下了一个决定，现在，这个决定越来越笃定：我想要在叙利亚危机行将结束的时光里，再次赶赴这片天堂并地狱的土地，和那里的人们一起等待他们毕生渴盼的和平的到来。

我想，新旧纪元交替之际，无论是太阳的光芒，或是硝烟的走向，都应壮烈绝伦、雄浑绝伦，在天地变换之中，将旧的埋入天际，将新的降下世间。

而在此之前，叙利亚和我或许都将经历无穷无尽的痛苦与折磨，无穷无尽梦想被碾碎、魂魄被支离、心灵被刺穿、幸福被风干的绝望。

然而我始终相信，请你也能执着地相信着：

无论我们内心的篝火是不是还在燃烧，我们想要的生活，依然在那里。只要在灵魂深处还有这一束信念的光亮，就能把这篝火点亮。

直到下一次的死与生、肉与灵、罪与罚、魂与魄、阴与阳、战火与和平的盛大相逢。

事实上，我们和这个世界，一起存在着，而时刻是新的，这是最令人鼓舞的了。

昨夜，梦回叙利亚。

江心一叶孤舟，飘飘摇摇。硝烟如流水，东流不歇。

此刻，北京的商场——

里面飘出的曲子旋律确是似曾相识，循环往复在脑海中回想，但就是怎么也想不起，曾在何时何地、共谁经历这一段传说。

2018年5月于北京

（本书未注明拍摄者的照片均为作者拍摄）

图书在版编目(CIP)数据

厌倦与天真：徘徊在天堂和地狱的边上 / 陈聪著
. -- 青岛：青岛出版社, 2019.1
ISBN 978-7-5552-7178-9

Ⅰ. ①厌… Ⅱ. ①陈… Ⅲ. ①随笔—作品集—中国—当代 Ⅳ. ①I267.1

中国版本图书馆CIP数据核字(2018)第287803号

书　　名　厌倦与天真——徘徊在天堂和地狱的边上
著　　者　陈　聪
出版发行　青岛出版社
社　　址　青岛市海尔路182号（266061）
本社网址　http://www.qdpub.com
邮购电话　13335059110　0532-68068026
责任编辑　钦林威
特约编辑　吴清波
封面设计　乔　峰
照　　排　青岛乐喜力科技发展有限公司
印　　刷　青岛东方华彩包装印刷有限公司
出版日期　2019年1月第1版　2019年1月第1次印刷
开　　本　32开（890mm × 1240mm）
印　　张　8
字　　数　160千
书　　号　ISBN 978-7-5552-7178-9
定　　价　58.00元

编校印装质量、盗版监督服务电话：4006532017　0532-68068638